암군귀환

暗君歸還

초판 1쇄 인쇄일 2016년 9월 27일 | **초판 1쇄 발행일** 2016년 9월 30일

지은이 용우 | **펴낸이** 곽동현 | **담당편집 팀장** 이범수
편집부 신연제 이윤아 홍현주 김유진 임지혜

펴낸곳 (주)조은세상 | 출판등록 제 2002-23호
주소 경기도 연천군 미산면 청정로 1355
TEL 편집부 02)587-2966 | FAX 02)587-2922
e-mail bukdu@comics21c.co.kr

ⓒ용우 2016
ISBN 979-11-5832-660-9 | ISBN 979-11-5832-658-6(set) | 값 8,000원

※잘못 만들어진 책은 바꿔 드립니다.
※저자와의 협의에 의해 인지는 생략합니다.

용우 신무협 장편소설

ORIENTAL FANTASY STORY

암군귀환

暗君歸還

②

북두
(주)좋은세상

CONTENTS

NEO ORIENTAL FANTASY STORY

暗歸在黑夜

11 章

11 章

"어머나, 아가씨 이쪽이 더 잘 어울리시네요."

"어쩜 이렇게 안 어울리시는 것이 없으실까?"

"캬! 이제 보니 이것들 모두 아가씨를 위한 것이었네요, 호호호!"

쉬지 않고 말을 쏟아내는 화령.

휘의 동생인 장연수에게 온갖 물건들을 선물하며 품평회를 여는 그녀의 모습이 새롭기도 하지만, 본래 그녀의 모습을 아는 다른 암영들은 시시각각 얼굴이 바뀌고 있었다.

"어머나, 이 옷에 어울리는 장신구가 없네? 태수야. 태수야?"

"어… 부르셨습니까, 누님?"

그녀의 부름에 당황한 기색이 역력한 얼굴로 모습을 드러내는 태수.

연수가 쓰는 방을 가득 채우는 옷과 장신구들.

그 모든 것이 화령이 연수에게 선물을 한 것이었다.

적극적으로 달려드는 화령 때문에 연수는 반쯤 혼이 팔려나간 얼굴을 하고 있었다.

"가서 장신구 좀 괜찮을 걸로 더 사와."

"또…?"

멍한 얼굴로 주변을 살피는 연태수.

이 방을 가득 채우고 있는 옷과 장신구 모두 그가 밖으로 나가 어렵게 사온 것들이었다.

사람들의 주목을 피하기 위해 여러 도시를 전전했을 뿐만 아니라, 누나인 화령의 안목을 맞추기 위해 부단히 노력했다.

또 하라고 하면 죽어도 못할 정도로 힘들었는데, 또 하라고 한다.

"싫어. 못해! 이게 얼마나 힘든데! 여기서 도시까지 한 두 발자국도 아니고!"

"마, 맞아요! 이것만 해도 충분해요. 아니, 넘쳐요! 이걸 다 언제 입어요. 게다가 부담스럽기도 하고…."

뒤늦게 정신을 차린 연수가 재빨리 입을 연다.

어린 시절에는 그리 넉넉지 않았고, 이곳에 와서도 이렇게까지 호사를 부려본 기억이 없었다.

이런 선물을 받는다고 해서 무조건 기쁜 것이 아니라, 되려 부담스러운 그녀였다.

그렇기에 태수의 말은 좋은 핑계가 되었다.

'오빠랑 관련이 되어 있는 것 같지만… 이 만한 선물은 역시 부담스러워.'

더불어 화령이 왜 자신에게 이렇게까지 신경을 쓰는 것인지도 연수는 꿰뚫어 보고 있었다.

"어머, 아가씨 괜찮아요. 이거 제 돈이 아니라, 주인님 돈이에요. 이것보다 더 한 사치를 부려도 아무 문제없으니까 걱정 마세요. 아가씨는 이 모든 것을 누릴 자격이 있어요!"

'주인님의 동생이시니까요!'

반짝이는 눈으로 말을 하는 화령을 보며 연수는 더 이상 입을 열 수 없었다.

그 반짝이는 두 눈 속에서 타오르는 불길을 무의식중에 느꼈기 때문이리라.

그녀의 입을 다물게 만든 화령의 시선이 동생인 연태수에게 향한다.

"다녀와."

"누님!"

"다녀와."

"힘들어요!"

"다녀와."

"아니…"

"다녀와."

으득.

마지막이라며 이를 가는 그녀.

분명 웃고 있지만 그 배후로 느껴지는 물씬한 살기에 태수는 무릎 꿇었다.

"다녀오겠습니다! 아하하, 아하하하!"

어딘지 모르게 슬프게 들리는 웃음소리와 함께 태수가 빠르게 방을 벗어난다.

그 모습을 어둠에 숨어 지켜보고 있던 암영들이 고개를 흔들었다.

❖

휘이잉!

불어오는 작은 바람에도 빨갛게 달아오른 살이 떨어져나갈 것 같은 고통을 전달한다.

눈길을 걷다보니 체력이 떨어지는 것은 둘치고, 발은 꽁꽁 얼고 이젠 손도 얼어간다.

"빌어먹을! 야! 못 버틸 것 같은 놈들은 밑에 내려가서 기다려! 여기서 개죽음 맞을 필요는 없으니까! 알겠지!"

"예!"

차돌의 말에 대답은 하지만 누구하나 내려가는 이가 없다.

두꺼운 옷을 겹겹이 껴입고서도 이가 떨릴 정도로 한기가 안으로 파고든다.

"야, 넌 안 춥냐?"

차돌의 물음에 휘는 어깨를 으쓱이는 것으로 대답을 대신한다.

다른 이들과 달리 산을 오를 때 입었던 얇은 옷차림 그대로다.

그 모습에 질린 듯 고개를 젓는 차돌.

휘의 실력이 대단해 한서불침(寒暑不侵)의 경지에 이르렀다 생각하는 것이다.

아니, 그것 이외엔 지금 휘의 옷차림을 설명할 방법이 없었다.

"한서불침에 이르면 내공을 안 일으켜도 안 추운 거냐? 젠장! 내가 꼭 거기까진 이르고 만다!"

이를 악물며 뒤에 따라붙는 차돌을 보며 휘는 쓰게 웃었다.

차돌이 생각하는 것처럼 휘는 한서불침에 이르렀기에 이런 옷차림을 하고 있는 것이 아니었다.

물론 내공이라던지 실력으로만 따지면 그럴 수도 있지만, 더 근본적인 이유가 있었다.

바로 생강시라는 것.

생강시는 살아있는 사람이 아니다.

그렇다 보니 자연적으로 사람과 많은 것이 달랐다.

추위를 느끼는 것도, 더위를 느끼는 것도.

대막에서도 큰 더위를 느끼지 못했지만, 이곳에서도 마찬가지였다.

'강시가 되어서 유일하게 좋은 점이라고 할 까. 그런데 생강시라는 표현이 나한테 맞는 건지 몰라?'

문득 떠오른 궁금점.

휘 자신은 전생에서 들었던 것처럼 자신을 생강시라 판단하고 있었다.

사람과 다른 점이 분명 많으니 더욱 그랬다.

단순히 강한 무공을 익힌 무인과도 달랐고.

'암영들도 그렇고… 한 번 생각해봐야 할 문제인가?'

사실 암영들은 휘가 생각해도 생강시라기 보단 사람에 가까운 자들이었다. 물론 사람이라 부르기 어려운 점들이 있긴 했지만.

'나도 그렇고, 암영들도 그렇고. 시간 되는 대로 한 번 고민을 해봐야 하겠어.'

어쩌면 새로운 길이 열릴지도 모른다는 생각을 하며 휘는 일단 생각을 접어놓는다.

당장은 자신을 따르는 차돌들의 길을 잡아주는 것이 먼저였다.

벌써 천산을 오르기 시작한지도 열흘.

제 아무리 날고 기는 훈련을 한 무인들이라도 내공을 쓰지 못하는 이상 이젠 한계에 도달 할 때가 되었다.

"아직 멀었냐?"

지친 기색이 역력한 차돌의 물음에 휘는 잠시 서서 주변을 둘러보았다.

자신이 기억하고 있는 것과 좀 다르긴 했지만 전체적으로 비슷해 보였다.

"거의 다 온 것 같은데?"

"그건 또 무슨 소리냐?"

"일단 저기서 좀 쉬자."

쉬자는 소리에 입을 열다 말고 반색하는 차돌과 수하들.

크진 않지만 바람을 피할 수 있는 작은 동굴 안으로 들어가는 것을 확인한 휘는 곧장 홀로 주변을 살피기 시작했다.

전생에선 이곳에서 치열한 싸움이 벌어졌었다.

그러면서 드러난 부분들이 많았고, 천마비고의 입구 역시 마찬가지였다.

휘이잉-

거칠게 불어오는 바람이 얼마나 세찬지 자칫하다간 몸이 날아가게 생겼다.

그렇게 얼마나 헤매었을까.

"찾았다."

휘의 눈에 그토록 찾던 동굴이 보였다.

사람의 흔적이 거의 없는 동굴.

이 거친 산에도 동물이 사는 것인지 동굴 곳곳에 동물의 털과 뼈가 놓여 있다.

코를 찌르는 누린내도.

묵묵히 말없이 일행을 이끌고 동굴 안쪽으로 거침없이 발걸음을 옮기는 휘와 상기된 표정으로 따르는 차돌.

뚝, 뚝.

동굴 안으로 들어 갈수록 밖과는 비교도 되지 않을 정도로 따뜻해진다.

대신 빛 한 점 들어오지 않아, 앞을 밝히기 위해 횃불을 들었다.

일렁이는 그림자.

"다 왔다."

휘의 말과 함께 제법 넓은 공동이 모습을 드러내고, 그 끝에 거대한 문이 자리 잡고 있었다.

"이곳이… 천마비고."

"그래. 확실해."

신기한 얼굴로 주변을 살피는 차돌들.

그러다가 문득 차돌이 휘를 보며 물었다.

"그런데 넌 여길 발견하고도 안 들어 가 본 거냐?"

"그럴 필요가 없으니까."

"천마신공은 천하제일의 신공인데?"

자부심 가득한 얼굴로 묻는 차돌을 향해 휘가 되물었다.

"그래서 내가 가졌으면 좋겠냐?"

"거 무슨 섭섭한 말씀을! 보물의 주인은 다 정해져 있는 거라는 옛말도 못 들어봤냐?"

뻔뻔하게 나서는 녀석을 보며 피식 웃은 휘가 재차 말문을 열었다.

"내겐 필요 없는 물건이었을 뿐이다."

"흠… 뭐, 그렇다 치고, 가자. 궁금해서 안 되겠다!"

"후회할 텐데?"

"뭐?"

휘의 말이 떨어졌을 때는 이미 차돌이 휘를 지나쳐 앞으로 발을 내딛었을 때였다.

쿠그긍!

콰직, 콰지직!

낮은 진동과 함께 공동 바닥이 쩍 하니 벌어지며 갖은 기관들이 모습을 드러냈다가 사라진다.

다급히 발을 뒤로 빼지 않았으면 순식간에 끌려갔을 차돌은 거칠게 뛰는 심장을 뒤로하고 휘를 보며 물었다.

"저, 저거 뭐냐? 저거!"

"여길 지키는 기관."

"저게? 저게 기관이라고?!"

흥분을 감추지 못하는 차돌의 질문에 휘는 고개를 끄덕였다.

"누구의 접근도 허락하지 않는 기관이지. 나도 저길 뚫고 지나가느라 고생 좀 했었지."

"저걸… 뚫었다고?"

멍하니 휘의 얼굴을 보던 차돌이 이를 악물었다.

"네가 했으면 나도 한다! 할 수 있다!"

의지를 불태우며 차돌이 숨을 크게 들이쉬더니 기관을 향해 달려들었다.

"젠장! 포기다!"

한 시진 만에 넝마가 되어 자리에 주저앉은 차돌을 보며 휘가 고개를 내젓고.

차돌을 따라왔던 수하들의 얼굴엔 어둠이 가득하다.

천마비고를 눈앞에 두고 이런 식이라면 그림의 떡과 다를 것이 없는 입장인 것이다.

"뭐, 저딴 기관이 다 있나? 딛는 곳마다 함정이고, 괜찮다 싶어서 조금만 오래있으면 바로 함정으로 바뀌고. 도무지 살아서 갈 방법이 없네. 넌 대체 저걸 어떻게 통과한 거냐?"

"실력으로?"

으드득!

휘의 가벼운 농담에 이를 갈며 분해하는 차돌.

그 모습에 휘는 속으로 웃었다.

'나도 많이 바뀌었구나.'

동시에 많은 것을 느낄 수 있었다.

다시 돌아와 세상에 나왔을 때까지만 하더라도 일월신교 놈들을 박살내기 위한 것에만 집중했다.

익숙하지 않은 감정의 표현은 물론이고, 농담을 한다는 것은 상상도 할 수 없었다.

'그랬는데, 많이 자연스러워졌어. 나도 모르는 사이에 내가 바뀌게 된 건가?'

이게 좋은 현상인지 나쁜 것인지 솔직히 지금으로선 알 수 없었다.

다만 확실한 것은.

'나쁘진 않네.'

생각처럼 나쁘지 않다는 것.

지금을 즐길 수 있다는 것.

그것이 휘에겐 중요한 것이었다.

"해봐. 난 때려 죽여도 못할 것 같으니까, 정답을 보여 줘!"

결국 차돌이 항복을 하고 나서야 휘는 앞으로 나섰다.

"보통 이런 기관의 경우 확실한 통로가 있는데, 그 통로를 모를 경우엔 너처럼 크게 당하고 말지. 특히 이런 수준의 기관이라면 보통은 죽지. 너 정도 되니까 살아 나와서 그렇게 투덜거릴 수 있는 거고."

"그지? 내가 실력 없는 건 아니지?"

당당히 웃으며 되묻는 차돌을 보며 그 수하들이 고개를 숙인다.

하지만 이 물음은 차돌로선 어쩔 수 없는 것이었다.

휘들의 등장으로 인해 자신감이 박살나 버린 상황이었으니까. 겉으로 표현하거나 말로 하진 않았지만 내심 크게 신경을 쓰고 있었다.

누가 뭐라 하더라도 자신은 천마신교를 이끌어야 하는 천마였으니까.

그런 차돌의 시선에 휘는 웃으며 앞을 바라봤다.

평평한 평지가 눈에 들어온다.

앞으로 한 발자국 앞으로 내딛는 순간 기관이 입을 벌리며 공격해올 것이다.

'오랜만인데.'

할짝.

혀로 입술을 축이며 휘가 움직였다.

팍!

강하게 땅을 박차며 몸을 날리는 휘.

다음 발을 내딛기 위해 발이 땅에 닿는 그 순간, 기관이 즉각적으로 반응한다.

쿠아아아!

크그긍! 쿵!

빠르게 땅이 뒤집히며 튀어나오는 각종 기계들!

하나하나 날카롭지 않은 것이 없었고, 심지어 피해갈 방향이 없도록 화살이 날아든다. 날아간 화살은 반대편 구멍을 통해 정확히 회수되어, 다시 사용 할 수 있게 설계되어 있다.

치밀하면서도 반영구적으로 사용 할 수 있게 설계된 것이다.

사방을 죄여오는 기계들의 틈에서 휘는 쉬지 않고 움직

였다.

좌우상하 할 것 없이 단 한 번도 쉬지 않았다.

그러면서도 꾸준히 앞으로 움직였다.

앞으로 다가갈수록 기관의 방해가 징그러울 정도로 강해졌지만, 절대로 멈추지 않았다.

목숨이 오가는 그 속에서 휘는 웃고 있었다.

그의 눈에 지금의 기관 이전.

전생에서의 모습이 겹치기 시작한다.

쿠아아아!

기잉, 쿵! 쿠쿵!

귀를 찌르는 굉음과 온 몸으로 느껴지는 진동.

눈앞을 오가는 흉악한 무기의 연속에도 휘는 멈추지 않았다. 그의 눈에 보이는 것은 오직 하나.

눈앞에서 도망치고 있는 적들 뿐.

알아들을 수 없는 말을 외치는 놈들은 필사적으로 도망쳤다.

눈앞에 무엇보다 위험한 기관을 두고서도 오직 휘를 피하기 위해 눈물을 짜며 앞으로만 달린다.

저 무서운 기관보다 뒤에서 달려오는 휘가 더 무섭다는 듯.

콰드득! 콰직!

푸확!

온 사방에서 피가 튀고 기관에 빨려 들어간 자들의 몸이 부서지는 소리가 들려온다.

지옥이 있다면 이곳이겠구나 싶을 정도로 피와 시체가 난무한다.

이곳을 설계한 자도 이 정도의 인원이 한 번에 목숨을 버려가며 덤벼들 것은 예상치 못했던 것인지 기관의 움직임이 서서히 둔해지기 시작했다.

둔해졌다곤 하지만 여전히 위협적인 모습.

콰직!

하지만 휘의 얼굴은 무표정했다.

오직 명령에만 충실하겠다는 듯.

그렇게 마지막 한 명을 죽였을 때, 휘가 선 곳은 기관의 끝.

거대한 철문의 앞이었다.

'그땐 이곳이 어떤 곳인지 몰랐지.'

피식.

눈앞에서 달려드는 거대한 톱니를 피해낸 휘가 한 발 앞으로 나간다.

당시엔 무감각하게 이곳을 빠져나갔었다.

그리고 얼마 지나지 않아 망가져 버린 기관 때문인지 어쨌는지 몰라도, 산사태와 함께 이곳은 파묻혔었다.

영원히.

그렇게 기억 속에 묻혔던 곳인데, 다시 이곳을 찾게 될 줄은 휘도 몰랐었다. 다시 돌아왔을 때만 해도 말이다.

툭.

마지막으로 발을 내딛어 문 앞에 도착하자.

언제 시끄러웠냐는 듯 본래의 모습으로 돌아가며 조용해지는 기관들.

거대한 철문을 올려다본다.

곳곳에 녹이 쓸고 이끼가 잔뜩 낀 문.

'그땐 그저 보고 있을 수밖에 없었는데.'

육체의 자유가 없을 때와 지금의 자신.

새삼 이상한 감정이 스쳐지나가지만 그것도 잠시.

뒤를 보니 멍하니 자신을 보고 있는 차돌들이 있었다.

"참 쉽지?"

웃으며 말하는 휘를 보며 얼굴이 일그러지는 차돌.

"너 잘났다, 새꺄!"

결국 욕설을 뱉어내고야 만다.

누군가가 기관을 지나고 나면 더 이상 발동하지 않게 되어 있는 것인지, 차돌들은 아무런 저항을 받지 않고 철문 앞에 도착 할 수 있었다.

"이걸 어떻게 열지?"

"지금부터는 네가 할 일이지."

휘의 간결한 말에 차돌은 잠시 얼굴을 찌푸렸지만, 곧 고개를 끄덕인다.

그 말처럼 이젠 자신의 몫이었다.

여기까지 오는 것만으로도 휘는 자신의 몫을 다해주었다. 밥상을 차려주었는데 밥숟가락까지 입에 넣어 달라 할 수는 없을 일이 아닌가.

"후우…"

문 앞에서 길게 숨을 내쉰 차돌은 힘을 주어 문을 밀었다.

철문 특유의 냉기가 손바닥으로 전해지지만 개의치 않고 힘 것 밀었다.

치칙. 지익-.

꿈쩍도 하지 않는 문.

오히려 축이 되어야 할 발이 뒤로 밀린다.

그 모습에 차돌의 수하들이 문에 달라붙어 그를 도왔지만 문은 조금의 미동조차 없다.

"젠장!"

힘만 뺀 차돌이 물러서자 함께 물러서는 수하들.

"단순히 문이 무거워서라기 보단 다른 장치가 되어 있는 것 아닌가, 이거?"

뒤늦게 문 이곳저곳을 보며 의심을 하는 차돌.

수하들까지 달라붙어 살펴보지만 어디한 곳 의심되는 곳이 없었다.

결국 보다 못한 휘가 나섰다.

"천마신공을 운용해봐. 이곳이 천마비고이니 거기에 반응을 할지도 모르지."

"반쪽짜리인데도 반응할까?"

그 물음에 휘는 어깨를 으쓱이는 것으로 대신하곤 뒤로 물러선다.

휘도 장담 할 수 없다는 이야기다.

"제길. 시도해보지 않는 것보단 낫겠지."

이를 악문 차돌이 다시 문 앞에 섰다.

차돌이 익힌 천마신공은 자신의 말처럼 반쪽짜리였다.

중요한 것은 쏙 빠져버린 반쪽.

그렇기에 휘를 따라 목숨을 걸고 이곳으로 온 것이었다.
진짜 천마신공을 손에 넣기 위해.

그것을 위해서라면 무슨 짓을 못할까.

'할 수 있다. 나는! 할 수! 있! 다!'

우우웅!

속으로 강하게 외치며 천마신공을 운용하며 강하게 문을
민다.

자신이 끌어올릴 수 있는 최대한도로 힘을 끌어올리자.

휘익.

마치 기다렸다는 듯 문이 내공을 흡수하기 시작했다.

끊임없이 빠져나가는 내공에 처음엔 깜짝 놀랐지만, 곧
이를 악물고 계속해서 내공을 끌어올린다.

아니, 스스로 문에 내공을 주입했다.

그러자.

우웅— 웅.

철문이 떨기 시작하더니, 천천히 빛을 뿌리기 시작했다.

파삭, 파사삭.

녹이 떨어져 나가고, 이끼가 떨어진다.

철문의 묵은 때들이 벗겨져 나가자 드러나는 천마비고의
본래 모습!

당장이라도 하늘을 향해 솟아오를 것 같은 용이 각 문에
한 마리씩 두 마리가 새겨져 있고, 그 좌우로 화려하면서도
힘이 느껴지는 글씨체로 네 글자가 새겨져 있었다.

그렇게도 차돌이 찾아 헤매었던 곳.

천마비고(天魔秘庫).

그 네 글자가 푸른빛을 발했고, 그와 함께.

키잉.

쿠구구구.

문이 열린다.

지난 세월 굳게 닫혔고, 그 비밀을 간직해온 천마비고가
모습을 드러낸다.

猎在黑暗归 12章

12 章

덜덜덜.

연신 다리를 떨어대는 차돌.

어딘가 조급해 보이는 그 모습이 우습기도 하지만 휘는
차분하게 차를 한 모금 마신다.

그 여유로운 모습을 멍하니 보던 차돌이 결국 참지 못하
고 입을 연다.

"꼭 나까지 있어야 하냐?"

"필요 없으면 가고."

"…끄응."

앓는 소리를 내는 차돌을 보며 휘가 피식 웃었다.

"그렇게 좋냐?"

"너 같으면 잃었던 자식이 돌아왔는데 안 좋겠냐? 솔직한 심정으로 네 소개가 아니었다면 벌써 돌아가서 폐관에 들어갔을 거다."

얼굴을 구기는 차돌.

그가 이러는 이유는 단 하나.

천마비고에서 천마신공을 발견했기 때문이다.

자신이 익히고 있는 반쪽짜리가 아닌, 진짜 천마신공을. 그 외에도 상승무공들이 즐비했는데, 그것들은 함께 온 수하들의 손에 들려 십만대산으로 먼저 보냈다.

그런 뒤 휘와 차돌은 한 사람을 만나기 위해 이곳으로 이동을 해온 것이다.

"뭐, 그렇게 오래 걸리진 않을 거다."

말과 함께 시선을 창밖으로 돌리는 휘.

그의 눈에 화려한 마차와 수많은 호위들이 빠른 속도로 객잔을 향해 다가서는 것이 보였다.

뒤늦게 그것을 확인한 차돌은 호흡을 가다듬었다.

마음은 급했지만, 이 자리는 신교에게 아주 중요한 자리.

철저히 준비를 해야만 원하는 것을 충분히 얻을 수 있을 터였다. 아무리 휘의 도움이 있다곤 하나, 영원히 그의 도움에 기댈 수는 없다.

'정신 차려라, 정신.'

복잡한 생각을 털어내는 사이, 객잔 이층.

휘와 차돌이 있는 곳으로 발걸음 소리와 함께 화려한

복장의 여인이 모습을 드러낸다.

딸랑.

청아한 방울 소리와 함께.

면사로 얼굴을 가려 드러난 것은 두 눈 뿐이지만, 그 푸른 눈은 모든 것을 끌어당기는 매력이 철철 넘친다.

눈 주변의 피부가 유난히 하얀 것이 또 사내의 마음을 움직이게 한다.

으득!

'정신 차려!'

입안을 꽉 깨물자 비릿한 피와 함께 아릿한 고통이 전해진다. 하지만 덕분에 차돌은 정신을 차릴 수 있었다.

그러난 것이라곤 두 눈 뿐인데도 단숨에 홀렸다.

'보통 여인이 아니다. 저놈은 괜찮은 건가?'

차돌이 슬쩍 휘를 바라보지만 휘는 아무렇지 않은 듯 자리에서 일어나 반갑게 그녀를 맞았다.

"오랜만이야."

"네, 좋아보이셔서 다행이네요. 장 대협."

"얼마 전에 꽤 무리하게 찾아 썼는데, 괜찮겠나?"

그녀의 말에 휘는 얼마 전 금패를 썼던 것에 대해 물었다. 바로 본론으로 들어가자는 이야기에 그녀의 눈 꼬리가 잠시 흔들렸다가 곧 반달을 그리며 웃는다.

"그 정도는 아무렇지 않답니다. 필요하시다면 그 몇 배를 쓰셔도 괜찮아요. 그 정도로 흔들릴 저희도 아니구요."

'야속하신 분.'

좀 더 편안하게 이야기를 끌고 나가며 오랜 시간 대면을 하고 싶었는데, 곧장 본론을 꺼내는 휘를 보며 그녀는 속으로 한 숨 지으며 천천히 그의 맞은편에 앉는다.

금세 향이 풍부한 차가 나오고.

그녀가 차돌을 보며 입을 열었다.

"인사가 늦었어요. 천탑상회의 회주 파세경이라 합니다."

먼저 고개를 숙이는 그녀에게 차돌은 마주 고개 숙였다.

"처음 뵙습니다. 당대 천마인 차돌이라 합니다."

그의 정중한 소개에 그녀는 의외라는 듯 잠시 눈을 크게 떴다가 곧 고개를 끄덕였다.

언제나 당당하고 숙일 줄 모르는 천마신교기에 이번 역시 그럴 것이라 가정했다.

휘의 중재로 인해 나오긴 했지만 상회 내부에서도 이번 일에 대해 반대하는 자들이 적지 않았다.

어찌 보면 당연한 일이다.

오랫동안 천마신교와 함께했었지만 이젠 완전히 별개가 되어버린 지 오래다. 그런 상태에서 다시 그들의 휘하로 들어간다는 것이 내키지 않은 것은 당연한 일이었다.

스스로의 자유를 버리는 셈이니까.

사실 파세경은 자리에 나오긴 했지만 그의 자세와 대화내용에 따라 지원 규모라던지 차후의 문제를 정하려 했었다.

그렇기에 지금 그의 행동은 미처 예상지 못했던 것이다.

하지만 차돌 역시 이유가 있는 행동이었다.

과거가 어쨌건 그건 과거의 일일 뿐이다.

이제 새로운 관계를 맺어야 하는 상황에서 허리를 숙이는 것쯤은 얼마든지 할 수 있었다.

천마신교가 다시 일어설 수만 있다면.

그런 두 사람을 보며 휘는 조용히 찻잔을 든다.

딱히 개입하지 않겠다는 듯.

'내가 개입하지 않아도 똑똑한 사람들이니 알아서들 조율하겠지.'

그 뜻을 읽은 두 사람은 본격적으로 이야기를 해 나가기 시작했다.

의외로 이야기는 빠르게 진척이 되었는데, 이는 절대적으로 천탑상회의 양보가 있기에 가능한 일이었다.

물론 천마신교 역시 많은 것을 양보하긴 했지만, 당장 쓸 수 있는 것보단 미래를 기약하는 것들이라 현재의 상황만 놓고 본다면 천탑상회가 많은 손해를 보는 거래였다.

그렇게 정해진 협약은 이러했다.

1. 천마신교와 천탑상회는 평등한 관계다.

1. 천탑상회는 천마신교에 매년 금 십만 냥을 무상 지원하고, 기타 필요한 자재에 대해 최저가로 우선 공급한다.

1. 천마신교는 천탑상회의 절대적 안전을 보장하며, 필요시 무력을 지원한다.

1. 이 협약은 양 세력이 동의하는 한 존속된다.

이외에도 부가적인 것들이 있지만, 굵직한 것들은 위의 것이 전부였다.

이로서 천마신교는 든든한 자금줄을 얻었고, 천탑상회는 과거의 일방적인 관계를 벗어나 평등한 관계에 섰다는 문서를 확보했을 뿐만 아니라, 차후 필요한 무력을 빌려 쓸 수 있게 됨으로서 충분한 안전을 꾀했다.

제 아무리 억만금을 버는 천탑상회지만 매년 금 십만 냥을 무상으로 지원한다는 것은 참 어려운 선택이다.

그것도 당장 천마신교가 과거처럼 일어설 수 있을 지 확실하지 않은 상황에선.

그럼에도 불구하고 과감하게 지원을 결정 할 수 있었던 것은 오직 한 사람.

장양휘가 있기 때문이었다.

그의 소개를 무시 할 수도 없지만, 그의 눈을 믿어 보기로 결정한 것이다.

"큰 그림은 이거면 될 것 같고, 자세한 것은 실무진을 십만대산으로 보내도록 하죠."

"좋습니다. 앞으로 잘 부탁드립니다."

"제가 드려야 할 말씀인 것 같네요. 잘 부탁드려요."

서로 고개를 숙여 인사를 끝냄과 동시 차돌이 자리에서 일어섰다.

"급한 일이 있어서 먼저 가보도록 하겠습니다. 이 친구를 두고 갈 테니, 이야기 하실 것이 있으시면 이쪽에 부탁합니다. 잘 부탁한다."

툭.

"뭐?"

어깨를 툭 치더니 차돌이 단숨에 창문을 넘어 빠르게 사라진다.

그 모습에 휘는 피식 웃었다.

'급했네. 급했어.'

하긴 품에 천마신공을 안고 있는데도 제대로 보질 못하고 있으니 답답했을 것이다.

모르긴 해도 쉬지도 않고 신교로 복귀 할 것이 분명했다.

그렇게 두 사람만 남게 되자 파세경은 차분히 찻잔을 들어 입을 축인 후 말문을 열었다.

"천마신교가 과거의 위명을 찾을 수 있을까요?"

휘의 눈을 똑바로 바라보며 묻는 그녀.

많은 물음을 담고 있는 그 눈에 휘는 찻잔을 내려놓았다.

달칵.

"가벼워 보여도 저 녀석이 당대 천마야. 천마란 이름을 이을 수 있을 정도의 재능과 실력을 가지고 있고. 빠져 있던 마지막 패를 손에 쥐었으니 과거의 영화를 찾는 것은 오랜 시간을 필요로 하지 않겠지."

"패라 하심은…?"

"천마신교에 가장 필요한 것은?"

자신의 물음에 되려 질문을 던지는 휘를 보며 그녀는 길게 생각 할 것도 없다는 듯 즉시 답했다.

"잃어버린 힘을 찾는 것이겠죠. 설마? 마지막 패라는 것이?"

"맞아. 천마신공을 비롯한 잃어버렸던 무공들. 그걸 찾았거든."

벌떡!

깜짝 놀란 그녀가 눈을 크게 뜨며 자리에서 일어선다.

그녀의 갑작스런 행동에 호위를 위해 함께 온 자들의 시선이 집중된다.

"이건?"

함께 이야기를 들었음에도 놀라지 않는 그들을 보며 파세경은 휘가 기막을 펼쳤다는 것을 깨달았다. 그녀의 눈에 휘는 간단하게 답했다.

"들어서 좋을 게 없으니까."

"…전부를 믿을 순 없다는 거로군요."

어느 새 차가워진 눈으로 자리에 앉는 그녀.

휘의 말이 뜻하는 것은 하나.

이 자리에 있는 누군가가 자신들을 배신하고 일월신교에 붙었을 수도 있다는 것.

그 말 한마디에 온 신경이 곤두선다.

특별히 가장 믿을 수 있는 존재들로 호위를 구성했기에 더욱 그럴 수밖에 없었다.

날이 잔뜩 선 그녀를 보며 휘는 진정하라는 듯 손을 흔든다.

"만약을 대비하자는 것일 뿐이야."

"뒤는 제가 알아볼게요."

파세경 역시 휘에게 모든 것을 기댈 수 없다는 것을 알기에 자체적으로 조사하기로 마음먹었다.

아무리 휘가 뛰어나다곤 하지만 사소한 것까지 일일이 참견을 하기란 불가능하다는 것을 그녀도 잘 알기 때문이다.

"그런데 금 십만 냥을 매년 무상으로 지원하는 것, 괜찮겠어? 부담이 클 텐데."

"같은 금액을 단숨에 쓰신 분이 무슨 걱정이세요?"

"흠… 그거야 그렇지."

그녀의 날카로운 물음에 휘는 입을 다물어야 했다.

그 모습에 파세경은 빙긋 웃자 면사 위로 드러난 두 눈이 반월을 그리며 매력적인 모습을 자아낸다.

"그렇게 걱정하실 필요 없어요. 아까도 말했지만 그 정도는 큰 부담이 가지 않으니까요. 물론 작은 금액은 아니지만 투자를 할 가치가 있으니, 투자를 하는 것뿐이죠. 전 상인이니까요."

"저쪽은 몰라도 난 아닐 텐데?"

"저쪽보다 이쪽이 더 커 보이는데요?"

무슨 소리냐는 듯 웃으며 말하는 그녀.

그 모습에 휘는 웃지 않을 수 없었다.

"앞으로도 필요한 것이 있으시면 부담가지시지 마시고 얼마든지 이야기 해주세요. 제가 할 수 있는 모든 것을 지원하도록 할게요."

'그래야 만날 구실도 생기고요.'

뒷말은 속으로 삼켜버리는 그녀.

"천탑상회라는 것은 역시 두 상단이 합쳐진 건가?"

뒤늦게 떠오른 생각에 곧장 묻는 휘.

"금사, 태양상단을 합쳐서 만들었어요. 새로운 이름이 필요하기도 했지만 차후의 문제를 대비한 이름이기도 하죠."

"잘만하면 대막의 전설이 될 수도 있겠군."

"노리고 있죠."

당당히 어깨를 피며 말하는 파세경.

그녀는 진심으로 천탑상회가 대대손손 이어지며 강력한 힘을 발휘하길 바랐다.

그렇기에 천마신교에 다소 무리한 금액이라 생각되는 금 십만 냥을 지원하기로 한 것이다.

돈을 지원하는 것으로 천탑상회와 천마신교 간의 유대감이 발생하고, 차후 천마신교가 다시 융성해진다 하더라도 이번에 맺은 협약으로 인해 천탑상회를 쉽게 건드리지 못할 것이다.

반대로 천탑상회에 소속된 자들 역시 섣부른 욕심에 쉽게 움직일 수 없을 것이었다.

휘를 믿고서 과감하게 큰 금액을 투자하긴 했지만, 그로 인해 그녀가 얻어가는 것은 가치로서 따질 수 없는 어마어마한 것이었다.

그 속을 짐작한 휘는 그녀의 얼굴을 보며 놀라지 않을 수 없었다.

'이런 재능이 개화되지 못하고 전생에선 죽었겠구나. 만약 이 재능이 일찍 개화되었다면 내가 아니더라도 어쩌면 금사상단은 그 명맥을 유지했을 지도 모르겠다.'

새삼 그녀의 재능이 무섭게 다가온다.

한편으론 그것이 자신의 든든한 배후가 되었다는 것에 크게 안도하고 있었다.

"놈들의 움직임은?"

"아직 저희가 발견한 것은 없어요. 하지만 예의주시하고 있으니 다른 움직임이 있으면 바로 알아낼 수 있어요."

"방심은 금물이다."

"알고 있어요."

이미 모든 대비를 해놨다는 얼굴 표정을 보며 휘는 자리에서 일어섰다.

그에 당황하며 일어서는 파세경.

"벌써 가시게요?"

"할 말은 끝났는데?"

"그, 그런가요?"

'무심하시긴….'

속으로 긴 한숨을 내쉬면서도 파세경은 얼굴 위로는 아무런 표정을 드러내지 않았다.

당장은 자신 역시 할 일이 많았기에 마음이 가는 대로 움직일 순 없다.

'하지만 자신 있어. 장기전은 상인의 덕목 중 한가지니까.'

"그럼 다음에 웃는 얼굴로."

"그러지. 그럼."

짧은 답변과 함께 훌쩍 창밖으로 몸을 날리더니 곧장 사라지는 휘의 뒷모습을 완전히 사라질 때까지 바라보는 그녀.

그렇게 휘가 완전히 사라지자 그제야 뒤돌아선다.

"돌아가죠."

우웅- 웅.

벽에 걸린 혈룡검이 낮은 울음을 토한다.

귀에 거슬리지 않지만 힘이 느껴지는 울음에 휘는 녀석을 손에 쥐었다.

'웅, 웅–.

손 안에서도 여전히 울음을 터트리는 놈.

자신을 벽에 걸어두었던 울분을 토하려는 것인지 그렇게 한참을 울고 나서야 잠잠해진다.

스릉–

검을 한 치쯤 뽑아낸다.

흔들리는 촛불에 비치는 것일 뿐인데도 그 날카로움이 눈으로 전해지고, 방 가득 예기(銳氣)가 내려앉는다.

온 몸의 신경이 곤두설 정도로 강렬한 예기에 휘는 다시 검집에 집어넣었다.

달칵.

모습을 감춤과 동시 사라지는 예기들.

다시 평소의 모습을 찾은 방을 보며 휘는 고개를 저었다.

'날카로워도 너무 날카롭다. 오직 죽이기 위해 만들어진 검이다.'

혈룡검의 쓰다듬으며 생각에 잠긴다.

'혈영곡. 그곳을 찾아가야 할 까? 시간은 분명 있다. 하지만 믿을 수 있을까?'

복잡하게 머릿속에 얽히는 갖은 생각들.

웅웅–

마치 빨리 결정을 내리라는 듯 다시 낮게 우는 혈룡검을 보며 휘의 얼굴이 찌푸려진다.

"넌 내게 뭘 원하는 거냐."

웅웅.

그저 울음만 토해내는 혈룡검을 보며 휘의 얼굴이 더 복잡해진다.

"혈마… 혈마라. 곤란하군."

분명 그는 자신을 혈마라 칭했다.

혈룡검의 원주인이라면 진짜 혈마 인 것은 확실할 것이지만, 만약의 경우라는 것도 있다.

특히 이것이 마검의 속임수라면 상황은 더 복잡해진다.

해야 할 일이 아직도 잔뜩 남아 있는 상황에서 놈의 농간에 넘어 갈 순 없는 일이다.

'분명 포기해야 하는데. 그게 맞는데….'

이미 답은 알고 있다.

그럼에도 불구하고 이렇게까지 고민을 하는 것은 하루가 멀다 하고 울어대는 혈룡검 때문은 아니었다.

"혈마제령공과 혈마. 복잡하군."

그 근본적인 원인은 바로 혈마제령공이었다.

혈마제령공은 혈마가 만든 것.

진짜 그곳에 혈마의 모든 것이 있다면 혈마제령공에 대한 것도 있을 것이고, 그것이라면 자신에게 부족한 것들을 좀 더 빠르게 완성시킬 수 있을 것이었다.

뿐만 아니라 지금보다 더 강한 힘을 얻을 방법도 있을 것이 분명했다.

미래가 달라진다면 지금 자신이 아는 것은 큰 도움이 되지 않을 것이었고, 그런 상황을 해쳐 나가기 위해선 더 강한 힘을 가져야 했다.

"어쩐다…."

톡, 톡.

손가락으로 혈룡검을 두드리며 고민에 빠져드는 휘.

창밖으로 해가 떠오를 때까지도 휘는 결정을 내릴 수 없었다. 쉽게 결정을 내릴 문제가 아니었지만 확실한 것은 언젠가 결정해야 한다는 것.

결국 고민만 잔뜩 남긴 채 휘는 해가 떠오르는 것을 보아야 했다.

暗黑在黑暗中 13章

13 章

싸아아—

시원하게 쏟아지는 물줄기를 맞으며 몸에 가득 묻은 피와 먼지를 씻어낸다.

철퍽, 철퍽.

거칠게 문지르고 또 문질러도 끊임없이 흘러나오는 핏물.

온 몸 가득한 핏물을 씻어내고 깨끗한 모습을 찾는데 근반시진이 걸린다.

"이제 좀 낫군."

얼굴을 문지르며 천천히 물줄기를 벗어나는 사내.

아무것도 걸치지 않은 그 몸은 보는 이로 하여금 절로 탄성이 나오게 할 정도로 균형 잡혀 있었다.

쓸모없는 근육은 단 한 점도 존재하지 않는 듯 완벽하게 빚어진 육체.

어느 새 다가온 시비들이 건네는 옷을 말없이 받아들어 입는 그.

마지막으로 붉은 용포를 걸치고 나서야 그가 입을 연다.

"놈은?"

-흔적을 찾지 못했습니다.

"쯧. 상황은?"

짧게 혀를 찬 그가 느긋한 발걸음으로 밖으로 향하지만, 그가 질문을 한 자는 여전히 모습을 드러내지 않은 채 전음으로 답했다.

-대계(大計)가 틀어지며 활동이 중단된 상태입니다.

"그 놈의 대계에 집착하니 그렇지. 힘을 가졌으면서도 계획에 맞춰 움직이려니 답답할 수밖에."

불만스런 얼굴로 혀를 차며 말하는 사내.

돌아오는 말은 없지만 그 역시 대답을 바란 것은 아니었던지, 곧 다시 입을 열었다.

"어디까지 진행이 됐지?"

-자금줄에서 막혔습니다. 대막의 계획이 실패로 돌아갔고, 지금은 중원 상계로 눈을 돌린 상태입니다.

"괜한 경계심만 심어준 꼴이로군. 어차피 중원을 집어삼켜야 하니, 처음부터 중원을 노렸으면 될 일이었는데 말이야. 대막은 이제 어렵겠지?"

-윗선의 판단으론 그렇습니다. 얻는 것보다 잃는 것이 많다는 판단입니다. 적어도 당장으로선 말입니다.

"그렇겠지. 당장 중원에 알려져선 좋을 것이 없다고 생각하고 있을 테니까. 쯧! 이렇게까지 은밀하게 움직일 필요도 없는데 말이야. 답답해."

-하지만 바꿀 수 없는 것이기도 합니다.

"그렇지. 그래서 더… 답답한 거지."

발걸음을 멈춘 사내의 고개가 위로 향한다.

그곳엔 거대한 전각이 하늘 높은 줄 모르고 솟아올라 있었는데, 대체 어떻게 만든 것인지 궁금할 정도로 높고 거대한 전각이었다.

보는 것만으로 강렬한 위압감을 주는 건물.

"일월각이라… 오랜만이로군."

저곳이야 말로 이곳 일월신교의 성지이자 핵심이었다.

일월신교의 핵심 인물들이 저곳에 머물고 있으니까.

그런 일월각을 중심으로 다섯 방향으로 그보단 작은 전각 다섯 대가 둘러싸고 있는데, 그곳이 바로 일월신교의 힘이라는 오각(五閣)이었다.

"오각의 움직임은?"

-당장은 특별한 것은 없습니다만… 곧 태각(太閣)에서 움직일 것 같습니다.

"태각이?"

의외라는 듯 사내가 호기심을 드러내며 한 곳을 바라본다.

-모용세가의 일을 처리하기 위해 움직일 것이란 판단입니다.

"확실한 것은 언제 결정 나지?"

-삼일 후 대회의가 있습니다. 그곳에서 결정이 날 것으로 예상됩니다.

"그래, 그렇단 말이지. 재미있겠군. 나갈 수 있으려나?"

-불가할 것으로 판단됩니다.

"그건 두고 보면 알거고."

웃음을 짓는 그.

기분 좋은 바람이 불어온다.

❖

몇날 며칠을 고민한 끝에 휘가 내린 결론은 혈영곡을 찾아보자는 것이었다.

당장 가는 것은 아니지만, 그 위치가 어디인지는 알아놓을 필요가 있다고 생각한 것이다.

'정작 필요할 때에 가지 못하는 것도 우스운 일이니.'

하지만 혈영곡을 찾는 것은 시작부터 어려웠다.

당연한 일이지만 혈영곡이란 이름만 알고 있을 뿐, 어디에 있는 것인지 전혀 알지 못했다.

중원은 드넓은 곳이라 같은 이름을 가진 것이 최소 셋은 된다는 이야기가 전해질 정도다.

거기에 딱히 중원이라 정해진 것도 아니다 보니 그 범위는 광범위 그 자체가 되다보니 자연스레 어려울 수밖에 없다.

그래도 찾아야 하는 것은 사실이라 휘는 파세경에게 부탁을 했다.

자신이 직접 찾는 것보단 그녀의 힘을 이용하는 편이 더 빠르고, 은밀하게 움직일 수 있을 것이라 판단한 것이다.

그러고서도 휘는 직접 중원지도를 펼쳐들고 앉았다.

어마어마하리라 만치 넓은 지도.

꽤나 상세하게 적힌 지도는 군(軍)이라 관(官)에서 보았다면 당장 잡아갈 정도로 정교했다.

공공연하게 지도가 거래가 되곤 있지만, 실제로는 불법적인 일이다. 그럼에도 그들이 무사 할 수 있는 것은 지도가 그리 상세하지 않다는 것과 든든한 뒷배가 있기에 가능한 일이지만 그렇다 하더라도 이 정도로 상세한 지도라면 문제가 될 것이 분명했다.

"그러고 보니 이곳에선 제법 큰 싸움이 있었지. 여긴 예상과 달리 작은 규모였고."

지도를 보던 휘는 곧 혈영곡에 대한 것을 잊고, 전생의 기억을 되살리기 시작했다.

기억과 지도가 합쳐지며 잊고 있던 것들도 하나 둘 떠오르기 시작한 것이다.

휘의 손이 정신없이 중원 전역을 누비다, 한 곳에서 멈춰선다.

툭.

"여기가… 언제 터졌더라?"

그의 손가락이 멈춰선 곳은 모용세가였다.

황보세가와 자리를 바꿔가며 천하오대세가의 말석을 차지할 정도로 대단한 위세를 자랑하는 곳이 모용세가였다.

오죽하면 황보와 모용의 힘은 우열을 가릴 수 없음이니 천하육대세가로 불러야 한다고 주장하는 이도 적지 않을 정도였다.

어쨌거나 현재 황보세가를 밀어내고 오대세가의 한 자리를 맡은 모용세가의 위세는 대단해서 당분간 오대세가의 자리에서 내려가지 않을 것이란 것이 많은 이들의 생각이었다.

그렇게 큰 위세를 자랑하던 곳이지만 휘의 기억에 의하면 이곳은 중원 무림에서도 빠르게 무너졌던 곳 중 하나였다.

어이가 없을 정도로 말이다.

심지어 그들보다 뒤쳐진단 판단을 받았던 황보세가가 일월신교를 맞아 더 치열하고 잘 버텼을 정도였다.

"생각 없이 다른 사람들에게 가문의 힘을 보여주는 것에만 집중하는 바람에 내실을 제대로 다지지 못했지. 외부에서 보는 것보다 훨씬 능력이 없는 수뇌부를 만난 것이 죄라면 죄였을 테고."

당시 모용세가가 몰락한 결정적인 원인은 바로 수뇌부에 있었다.

통일되지 못하는 의견은 기본이고, 가문을 지키고 바로 서야 할 가주가 가문이 위험해지자 제일 먼저 도망을 쳤으니 말 다한 것이나 마찬가지다.

어떤 경우에도 도망치지 말아야 할 가주가 튀었으니, 굳이 목숨을 버려가며 가문을 지킬 무인들은 없었다.

무능과 분열이 만나 몰락한 것이다.

"무능한 놈들을 도울 필요는 없지만…."

잠시 고민하던 휘는 곧 손을 뻗어 중원전도가 아닌 흑룡성의 세부 지도를 펼쳐든다.

"아까운 사람이 있단 말이지."

펄럭.

지도를 보며 낮게 중얼거리는 휘.

"이젠 내게도 머리가 필요해."

앞으로 휘가 직접 움직여야 하는 일은 늘면 늘었지 줄지는 않을 것이었다.

게다가 무림 전체가 얽히게 되니 혼자서 아무리 머리를 굴린다 하더라도 부족한 것은 있었다.

결국 휘가 내린 결론은 외부에서 수혈을 하는 것.

그리고 그곳엔 휘가 필요로 하는 자가 존재했다.

전생에선 모용세가의 몰락과 함께 행방이 묘연해져서 죽었을 것이라 생각되었던 한 사람이.

'차강이가 머리를 제법 쓸 줄은 알지만 큰 판을 놓고 움직이진 못해. 그렇기에 꼭 그를 끌어들여야 한다.'

휘의 눈이 빠르게 지도를 훑는다.

비검(飛劍) 모용택.

모용세가의 가주에 오르며 세가의 눈부신 발전에 큰 공을 세운 인물로 평가를 받고 있지만, 그 실력은 별호와 달리 그리 뛰어나지 않았다.

하지만 탁월한 교섭 능력과 시류를 읽는 눈을 가지고서 황보세가를 확실히 누르고 오대세가의 축으로 올라서게 만든 인물이기도 했다.

"빌어먹을 놈들!"

쾅!

분기탱천한 얼굴로 연신 책상을 내려치는 모용택.

방금 전 회의실에서 있었던 일을 떠올리면 그렇지 않아도 붉어진 얼굴이 터질 지경으로 변한다.

"머리에 근육만 가득 찬 놈들 같으니라고! 지금은 무공보다 머리를 써서 세력을 확장시켜야 할 때라는 것을 정녕 모르는 건가! 빌어먹을!"

연신 불만을 털어내며 책상을 내려치는 그.

그가 이렇게 분노한 것은 이미 세가 안에서 공공연한 이야기지만 장로들과의 마찰 때문이었다.

세가의 장로들 대부분이 모용택을 따르고 있는 상황이지만, 그 중 몇몇은 모용택에 여전히 반하는 자들이었다.

몇 되지도 않지만 모용택이 그들을 내칠 수 없는 것은 그들을 따르는 세가의 무리가 적지 않은 데다, 그 실력이

세가 안에서도 손에 꼽는 자들이기 때문이다.

그들을 내친다는 것은 세가의 힘이 약화된다는 것과 마찬가지니까.

아무리 힘보단 머리를 쓰는 것에 치중하고 있는 그이지만, 그 바탕에 세가의 힘이 있기에 가능한 일임을 모르는 것은 아니었다.

"뭘 그렇게 화내고 계십니까? 저들의 이야기도 그리 틀린 것은 아니지 않습니까? 허허허."

그때 허락도 없이 문을 열고 들어서는 노인이 있었다.

인자한 얼굴과 달리 상당히 뚱뚱한 육체를 지닌 노인.

"흥! 왔나?"

익숙한 듯 그에게 시선을 주었다, 고개를 돌리는 모용택.

노인은 세가의 장로이자 모용택의 든든한 지원자로 사실상 세가의 이인자로 불리는 모용혁이란 자였다.

"가주님의 생각처럼 당장 세력을 늘리는 것도 중요하지만, 저들의 말처럼 내실을 다지는 것도 중요합니다. 외형적으로 덩치는 커졌지만 내실을 다지지 못한다면 사상누각이 따로 없을 겁니다."

"그건 나도 알고 있어! 그렇다고 천금 같은 기회를 놓칠 수도 없는 문제야! 이번 기회를 놓치면 그쪽은 완전히 손을 놔야 한다고."

"저도 알고 있습니다. 하지만 가주님도 아시겠지만 당장은 어렵습니다. 얼마 전에 영입한 자들의 정비가 끝나지도 않은 상태에서 새로운 인물들이 대거 흡수되면 기존 인원들까지 혼란스러워질 겁니다."

"쯧! 자네는 대체 누구편이야?"

"저야 언제나 가주님 편이지 않습니까?"

능글맞게 웃으며 대답하는 모용혁을 보며 모용택은 짧게 혀를 찼다.

노골적으로 자신을 싫어하는 기색을 보이는 가주를 향해 모용혁은 느긋하게 웃으며 말했다.

"허허, 그렇게 생각하지만 마시고 제 계획을 들어보시는 것이 어떻습니까?"

"계획?"

"어차피 저들이 원하는 것은 내실을 다지는 것이지 않습니까?"

"그렇지."

"이번에 들어온 인원의 통솔과 훈련을 그들에게 맡기는 것입니다. 가주님의 의견을 극구 반대하며 꺼내든 이야기니 저들은 받아들일 수밖에 없을 것입니다."

"호? 그거 괜찮군. 하는 김에 지금 그들 휘하에 있는 녀석들은 다른 장로들에게 넘기는 것도 괜찮겠지. 내실을 다지는데 전력을 다하려면 다른 일을 함께 하는 것은 어려울 테니."

"허허허! 역시 가주님이십니다! 저는 거기까지 생각도 하지 못했는데 말입니다."

크게 웃으며 모용택을 치켜세우는 모용혁.

그의 칭찬에 턱을 치켜세우는 모용택.

그 모습을 보는 모용혁의 눈이 차갑다.

'멍청한 놈. 하긴 그 멍청함 덕분에 세가가 내 손에 들어오게 되었지만. 흐흐흐.'

다음날 아침이 되자 다시 한 번 회의가 열렸고, 그곳에서 모용택은 어제 의논한대로 이야기를 꺼냈다.

그러자 돌아오는 것은 역시 반발이었다.

"가주!"

"자네들이 원하던 것이 아닌가? 게다가 내실을 다지는 일은 무엇보다 중요한 것이니 다른데 신경을 쓰기 어려울 테니, 기존에 하고 있던 일을 그만두라는 것이네."

단호한 가주의 말과 표정을 보며 모용강원의 표정이 어두워진다.

'잘못 생각했구나. 모두 저놈의 생각대로 굴러가고야 말았어!'

모용강원의 눈이 모용택의 바로 밑에 앉은 모용혁을 향한다.

세가의 권력이 이미 가주인 모용택이 아닌, 모용혁을 향하고 있다는 것은 그와 그를 따르는 이들은 다들 알고 있었다.

그렇기에 어떻게든 내실을 다지고 가주의 권위를 다시 세우려고 했던 것인데, 일이 이렇게 돌아갈 것이라곤 예상지 못했다.

"결정은 났네!"

뒷이야기는 들을 생각도 없다는 듯 자리를 박차고 나가 버리는 가주를 보며 모용강원은 이를 악물었다.

잠시 후 텅 비어버린 회의실을 뒤로 하고 모용강원의 집 무실에 모여든 세 사람의 장로들.

이 자리에 있는 네 사람의 장로들이야 말로 진정 모용세 가를 아끼고 걱정하는 자들이었다.

"놈들의 술책에 넘어가버린 꼴이 되어버렸소. 미안하오."

고개를 숙이는 모용강원을 보며 재빨리 고개를 젓는 장로들.

"그게 어찌 어르신 때문입니까? 다 그 못된 모용혁 때문이지요."

"맞습니다! 대체 어찌해서 그런 놈이 장로가 된 것인지 알 수가 없습니다."

"유일하게 저희가 힘을 쓸 수 있던 힘을 놓게 되었으니 앞으로가 걱정입니다."

모두가 울분을 토하며 앞으로의 일을 걱정했다.

모용강원들이 손에서 놓은 것은 다름 아닌 세가의 무력 단체였다.

그 중에서도 모용세가 최강의 전력으로 평가 받는 은하 검대와 유성검대. 이 두 힘을 다룰 수 없게 된 이상 앞으로 큰 힘을 쓸 수 없을 것이란 것은 자명한 사실.

걱정 되지 않을 수 없다.

그렇게 한참을 의논을 거듭한 그들은 다시 한 번 가주를 설득하기로 하고 헤어졌다.

당장으로선 그것 이외엔 딱히 방법이 없었다.

"후… 어렵구나, 어려워."

모두가 나가고 한 숨을 내쉬며 아픈 머리를 매만지고 있을 때 문을 두드리며 청아한 목소리가 들려온다.

똑똑.

"할아버님 잠시 괜찮을까요?"

"들어오거라."

그 목소리에 얼굴표정을 싹 바꾸며 웃는 모용강원.

드르륵.

문이 열리고 안으로 들어서는 한 여인.

이제 막 꽃을 피우려는 봉오리처럼 아름다운 여인이 방에 들어서자 방의 분위기가 바뀌는 것 같다.

깨끗한 피부와 맑은 눈망울.

붉은 입술과 오똑한 코.

어디하나 빠지지 않은 아름다운 미녀.

화용월태(花容月態)란 그녀를 위한 말이라는 생각이 절로 떠오를 만큼 뛰어난 미모를 지닌 그녀는 사뿐거리는 발걸음으로 다가와 모용강원을 향해 고개를 숙였다.

"이번 일에 대해서 들었어요."

"허허, 벌써 소문이 퍼졌더냐?"

씁쓸하게 웃으며 모용강원은 그녀를 창가의 탁자로 안내하곤 직접 차를 우려 내놓았다.

달칵.

"네가 말 한대로 하긴 했다만… 괜찮은지 모르겠다. 결과만 놓고 보자면 가지고 있던 힘마저 빼앗긴 꼴이지 않느냐?"

"가지고 있던 것은 놓아둔 것이지, 빼앗기진 않았답니다."

"그건 또 무슨 말이냐?"

그녀의 말에 모용강원은 차를 마시다 말고 얼굴을 찌푸리며 그녀를 보았다.

"혜, 네 말은 쉬운 것 같으면서도 어려운 말이 너무 많구나. 이 할애비를 놀리는 것이 아니라면 처음부터 쉽게 풀어서 해주었으면 좋겠구나."

"죄송해요."

할아버지의 면박에 고개를 숙여 사과를 하는 그녀, 모용혜.

모용혜는 모용강원의 친손녀로 어릴 적부터 뛰어난 미모를 자랑했지만 외부에는 소개된 적이 없었다.

이유는 단 하나.

그녀의 건강 상태가 그리 좋지 못했던 데다, 모용강원이 심하다 싶을 정도로 그녀를 끼고 살았기 때문이었다.

오죽하면 정적 관계인 모용혁 마저도 모용혜 만큼은

건드리지 않겠는가.

그러다보니 어린 시절부터 그녀는 수많은 책을 끼고 살았고, 나이에 맞지 않은 혜안을 지니게 되었다.

이제와선 모용강원이 그녀에게 도움을 청할 정도로 말이다.

이런 사실이 알려졌다면 세가가 발칵 뒤집힐 일이지만, 다행히 이 사실을 알고 있는 것은 오직 두 사람.

모용강원과 모용혜 둘 뿐이었다.

"말 그대로예요. 은하, 유성검대는 할아버님의 손에 없다 하더라도 결국 할아버님을 따르는 자들로 구성되어 있는 곳. 만약의 사태가 벌어져도 결국 그들이 따르는 것은 다른 장로님이 아닌 할아버님이 될 것이에요."

"허나, 지휘 체계는…."

"만약의 경우라는 거죠. 어디까지나. 철저히 할아버님의 사람들인 이상 저들도 쉽게 움직이진 못할 거예요. 그러는 동안 할아버님은 가주님의 명처럼 내실을 다지시면 될 일이에요. 차후 그들은 할아버님의 사람들이 되어주겠죠."

"흠… 정말 그렇게 되겠느냐?"

그 물음에 모용혜는 눈을 빛내며 말했다.

"반드시 그렇게 되어야죠. 그래야만 모용혁 장로님을 견제 하실 수 있을 테니까요."

❖

으적, 으적!

육즙이 줄줄 흐르는 잘 구워진 멧돼지 뒷다리를 단숨에 물어뜯자 입 안에 단숨에 퍼지는 육즙!

특별한 양념을 한 것도 아닌데, 뱃속으로 끝도 없이 들어간다.

하지만 그 먹는 양이 어마어마하다.

벌써 그의 뒤로 멧돼지가 두 마리는 족히 넘는 뼈가 쌓였고, 그 외에도 각종 해산물과 육류가 빠른 속도로 사라지고 있었다.

어지간한 사람이 누워도 자리가 남을 식탁은 사라지는 음식의 양 만큼 다시 채워지지만 사라지는 쪽이 조금 더 빨랐다.

벌컥, 벌컥!

"크하! 이제 좀 낫군!"

마지막으로 화주(火酒) 한 대접을 단박에 들이킨 사내가 배를 두드리며 웃는다.

그 기가 막힌 모습에 질릴 만도 하건만, 사내의 앞으로 양 옆으로 늘어선 자들은 익숙한 듯 입을 열지 않았다.

오히려 그가 무슨 이야기를 할 지 몰라 두려움에 떨고 있는 것이 눈에 보일 정도다.

근 7척에 달하는 키와 거대한 덩치.

곰 가죽을 둘러쓴다면 영락없는 곰이라 믿어도 될 것 같은 사내의 이름은 사무영.

도살자(屠殺子)란 별호로 더 유명한 것이 그다.

요녕성 최대 사파문파인 흑살문(黑殺門)의 주인이기도 한 그는 어마어마한 식사량과 함께 별호처럼 사람을 많이 죽인 것으로 알려진 자다.

폭군이란 이름이 누구보다 잘 어울리는 그의 기분에 따라 이곳에서 죽어간 자가 족히 수십은 될 터였다.

"그러니까 그 쥐새끼가 우리 영역을 탐한다고?"

"그, 그렇습니다. 아직 공공연한 움직임은 없습니다만 근래의 움직임은 저희를 노리는 것이 분명합니다."

"드디어 그 쥐새끼가 미쳤나 보군. 무림문파의 수장이라는 놈이 외적 팽창에만 신경 쓰고 내실을 다지지 않으니, 모용세가도 그리 오래 가진 않겠어. 클클클!"

눈을 빛내며 혀를 차는 도살자.

폭군으로 알려진 그이지만 문파를 이끌어가는 문주이자, 당당히 일개 성 최고의 문파를 만들어낸 장본인이다.

그런 그가 시류를 읽는 눈이 없을 리 없다.

"그래서 대책은?"

"예, 예?"

"대책은 세웠겠지?"

웃으며 말하지만 풍기는 기세는 거칠기 짝이 없다.

식은땀을 줄줄 흘리던 그는 결국 무릎을 꿇었다.

"죄, 죄송합니다! 아직 별 다른 대책을…."

퍼억!

"컥!"

날아든 멧돼지 뒷다리 뼈에 머리를 맞은 그가 비명과 함께 자리에 쓰러진다.

부들거리며 머리에서 피를 쏟아내는 것이 심상치 않아 보이지만 도살자는 전혀 개의치 않으며 수하들을 둘러본다.

"밥을 처먹었으면 일을 해야 할 거 아냐! 대가리가 있으면 굴리란 말이다! 다른 놈들 영역이야 그렇다 쳐도 우리 영역까지 손을 대는 동안 네놈들은 대체 뭘 하고 있었냔 말이다!"

우르릉!

어찌나 목소리가 큰지 회의실이 흔들린다.

흔들리는 회의실보다 그의 몸에서 흐르기 시작한 살기에 수하들의 고개가 빠르게 숙여진다.

이럴 때 잘못보이면 목이 날아간다.

"너희들. 딱 삼일 준다. 그 삼일 안에 제대로 된 계획을 가지고 와야 할 거야. 내가 누누이 말하지? 대가리 제대로 못 굴리는 놈들은 밥 먹는 것도 아깝다고. 제대로 굴려봐야 할 거야."

벌떡!

자리에서 몸을 일으킨 그가 회의실을 벗어나자 여기저기서 안도의 한숨이 나온다.

한편으론 멧돼지 뼈를 맞고 쓰러진 자를 챙긴다.

"하… 미치겠네."

누군가의 말에 모두가 고개를 끄덕인다.

하지만 분명한 것은 삼일 안에 좋은 계획을 세워야 한다는 것이다.

그렇지 못한다면 자신들의 목이 날아가게 될 테니까.

"버러지 같은 놈들!"

쿵!

거칠게 의자에 앉으며 수하들을 욕하는 도살자.

워낙 큰 덩치에 의자가 부서질 듯 비명을 지르지만 익숙한 듯 그는 무시하며 책상 위에 놓인 종을 들어 흔들었다.

딸랑-.

종소리가 울리기 무섭게 문이 열리더니 시비들이 재빠르게 음식을 가져다가 책상 위에 올린다.

으적, 으적!

"쥐새끼 같은 놈. 이번엔 가만 두지 않는다."

거칠게 음식을 씹는 도살자의 눈이 살기로 번들거린다.

그때였다.

-그만 처먹고 애들 내보내.

"나가."

귓가에 들려오는 차가운 음성의 전음에 얼굴색이 바뀐 그가 대기하고 있던 시비들을 쫓아낸다.

방에 혼자가 되자 곧 한 사람이 모습을 드러낸다.

"여전히 많이도 처먹는 군."

붉은 용포를 걸친 청년의 등장에 도살자가 빠르게 앞으로 움직이더니 오체투지한다.

"둘째 도련님을 뵙습니다!"

쿵! 쿵!

이마를 바닥에 찧으며 인사를 올리는 그를 당연하다는 듯 바라보던 사내는 자연스럽게 방금 전까지 도살자가 앉아있던 의자에 앉았다.

"제법 살만한 모양이야?"

"둘째 도련님 덕분입니다!"

재빠르게 몸을 돌리며 대답하는 도살자.

어느 새 그의 등 뒤가 축축하게 땀으로 젖어 들어간다.

평소 수하들의 몸을 식은땀으로 가득하게 만들더니 이번엔 정 반대의 모습이었지만, 그는 이것이 당연하다는 듯 고개를 들지 않는다.

아부 아닌 아부에 그는 피식 웃었다.

"모용세가 말이야…."

"하명하십시오."

"쓸어버려야 할 것 같은데 말이야. 중원 무림은 명분을 대단히 중요하게 여긴단 말이지. 사천에서의 계획을 실패했으니 이번엔 이곳에서 무림을 이간질 시키자는 것이 위의 뜻인데 말이야. 괜찮겠어?"

그의 물음에 도살자는 기다렸다는 듯 입을 열었다.

"그렇지 않아도 근래 놈들의 도발이 있었습니다. 그걸 적절히 이용한다면 모용세가를 밀어 버릴 수 있을 것입니다."

"그래? 괜찮은데…."

의외로 일이 쉽게 풀리자 사내는 빙긋 웃으며 책상을 가득 채운 음식들 중 구석에 있던 과일을 집어 깨물었다.

아삭!

우물우물.

"괜찮네. 적당히 준비해봐. 제대로 긁어야 하니까… 수준은 완전히 몰살정도로 하고."

"존명!"

도살자의 대답과 함께 사내가 나타났을 때처럼 조용히 모습을 감춘다.

그가 사라지고 일각이 지나고 나서야 도살자는 자리에서 일어섰다.

뚝뚝.

옷에서 땀방울이 떨어질 정도로 옷이 푹 젖었지만 그것을 느낄 틈도 없이 도살자가 밖을 향해 외쳤다.

"긴급회의다! 모두 모여라!"

쩌렁쩌렁-!

문파 전체에 그의 목소리가 울려 퍼진다.

잠시 뒤 다시 회의장에 사람들이 모여들었다.

심지어 멧돼지 뼈를 맞고 쓰러졌던 자도 정신을 차린 것인지 붕대로 머리를 묶은 채 자리에 서 있었다.

다리가 후들거리는 것이 금방이라도 쓰러질 것 같았지만, 그가 이곳에 이를 악물고 선 것은 이 정도로 회의에 참석하지 못하면 다음번에 자신의 자리가 없다는 것을 알기 때문이다.

움직일 수 있다면 어떻게 해서든 자신의 일을 해야 하는 것.

그것이 흑살문의 규율 중 하나였다.

저벅저벅!

거칠게 회의실에 들어선 그가 의자에 주저앉는다.

땀으로 흥건한 모습에 다들 이상한 생각이 들긴 했지만 차마 그것을 물어보는 자는 없었다.

그의 몸에서 진한 살기가 뿜어져 나오고 있기 때문이었다.

거친 상기는 순식간에 회의장을 둘러싼다.

"쥐새끼를 잡는다! 전면전이다!"

쿠쿵!

갑작스런 그의 선언에 모두의 심장이 떨어져 앉는다.

"저기가 모용세가인가?"

모용세가의 화려한 정문을 바라보는 휘.

그 두 눈이 빛난다.

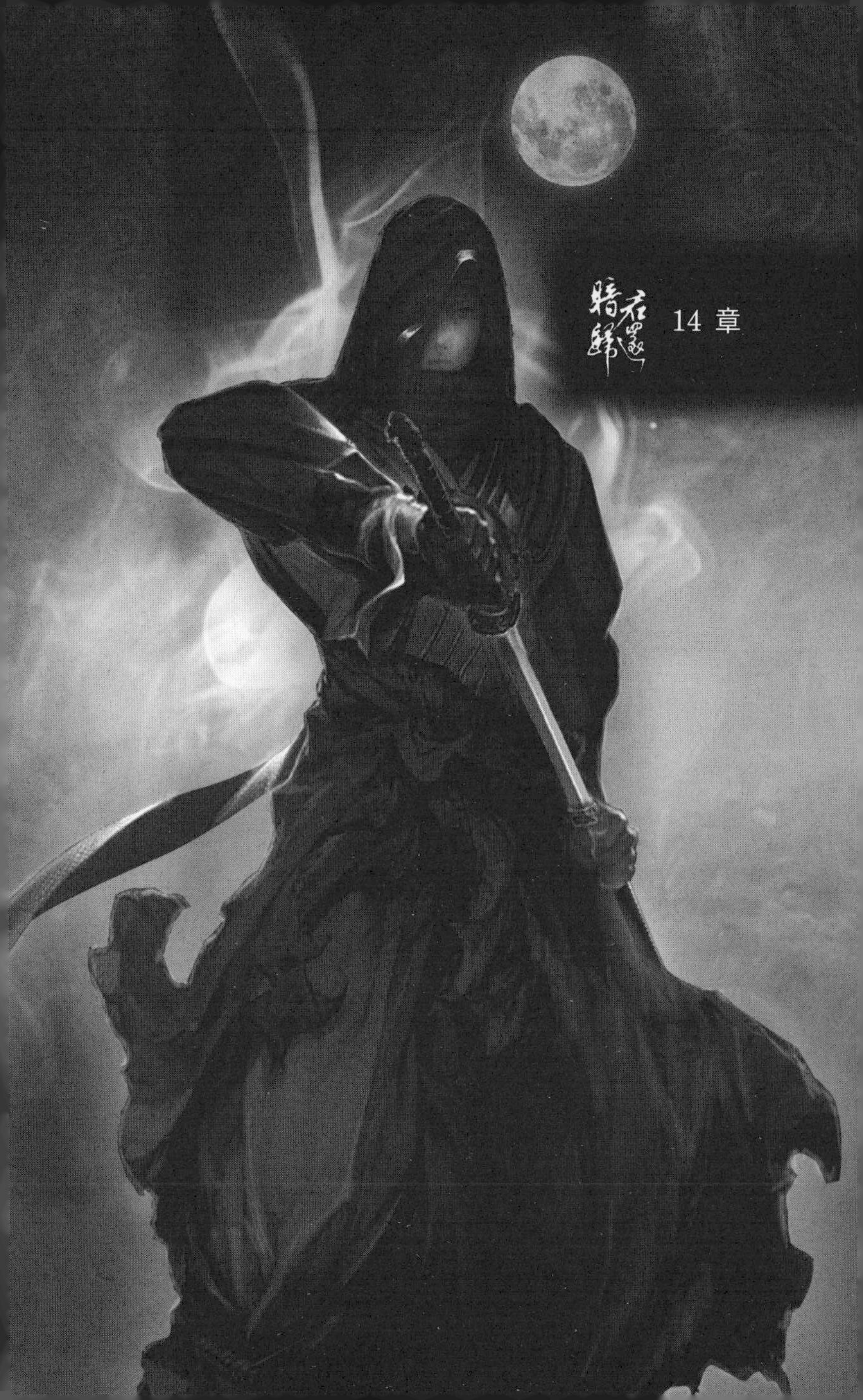
14 章

14 章

거리를 오가는 모용세가 무인들에게선 자신감이 넘쳐흐르고 때론 오만하기까지 하다.

세가가 팽창하며 그 위세가 하늘을 찌름이니 자연스레 그들의 어깨에도 힘이 들어가기 시작한 것이다.

'겉만 번지르르 해선.'

쭈욱.

단숨에 죽엽청을 삼키며 휘의 두 눈이 모용세가 무인들의 뒤를 쫓는다.

주점 2층에 앉아 오랜 시간을 들여 모용세가 무인들을 보았지만, 넘치는 자신감들에 비해 그 실력은 보잘 것 없었다.

막말로 휘 혼자서 날 뛰어도 무너트릴 수 있을 것 같아
보일 정도로 말이다.

조르륵—

비워진 잔을 채워 넣는 그.

그때였다.

와장창!

"이 새끼들이!"

"죽여!"

시끄러운 소리와 함께 반대편 주점이 요란스럽다 싶은
순간 벽을 부수며 일련의 무리들이 튀어 나왔고, 그들은 거
침없이 싸움을 벌인다.

외부로 나온 놈들 말고도 안쪽에서도 제법 시끄러운 것
이 적지 않은 수가 있는 것 같았다.

'한쪽은 모용세가. 또 한 쪽은… 어디지?'

선명하게 구분이 되는 두 세력.

한쪽은 모용세가 특유의 은색 무복을 입은 자들이었고,
한쪽은 검은 무복을 입은 자들이었다.

"흑살문 애들 아냐?"

"그런 것 같은데? 이거 좋지 않은데…."

"자리를 피하세. 괜히 불똥이 튈 수도 있음이니."

여기저기서 밖의 광경을 본 사람들이 분주히 자리를 떠
난다.

요녕성 최고의 자리에 오른 두 문파의 무인들이 싸우고

있었다.

그동안 어떻게든 충돌을 피하고 있던 그들이 공공연한 곳에서 싸우고 있다는 것이 좋은 뜻 일리 없다.

특히 무림에 관련되어 좋은 일이 없는 일반인들로선 분주히 자리를 피하는 것만이 그들이 할 수 있는 전부였다.

'지랄들 하고 있네.'

하지만 정작 휘가 봤을 땐 연극 그 이상도, 이하도 아니었다.

'때려 패야 할 놈들이 얻어맞고 있는 게 정상이라고? 흑살문이라고 했나? 뻔뻔한 놈들이네.'

그랬다.

싸움 자체는 팽팽한 것처럼 보이다가 어느 순간 모용세가가 우세를 점하고 있었는데, 실제로는 흑살문 무인들이 일부러 얻어맞고 있는 것이었다.

마치 그래야만 한다는 듯.

눈이 뒤집힌 모용세가 무인들은 그것을 눈치 채지 못하고 연신 주먹질을 하고 있었고.

뒤늦게 합류한 놈들도 말릴 생각은 않고 달려들고 있으니 휘의 눈에 어떻게 보이겠는가?

'모용세가가 과할 정도로 영역을 확장하고 있는 상황에서 저들의 영역에 손을 댄 모양이로군. 사람들의 행동을 보아 흑살문이 요녕에서 모용세가와 더불어 힘을 제법 쓰는 곳인 모양… 흑살문? 가만?'

"내가 어디서 들어봤지?"

문득 머리를 스쳐 지나가는 생각에 술잔을 들다말고 멈추는 휘.

자세한 것은 생각나지 않지만 분명 흑살문이란 이름을 들어본 적이 있었다.

그것도 최근이 아닌 아주 오래전에 말이다.

"내가… 뭘 놓치고 있는 거지?"

탁.

결국 술잔을 내려놓은 휘가 팔짱을 끼며 고민에 빠져든다.

중요한 무엇인가를 잊고 있었다는 듯, 그의 얼굴이 심각하다.

-하악! 저런 표정도 멋져! 그렇지 않아?

-예이, 예이. 대장의 어디가 멋지지 않을 수 있겠습니까? 다~ 멋진 것뿐이지요.

-그렇지? 하아! 주인님 날 가져요!

-미쳤….

말을 꺼내다 말고 날아드는 날카로운 눈빛에 연태수가 조용히 입을 다물며 고개를 숙인다.

천방지축으로 날뛰는 그의 천적인 연화령의 눈빛이 무시무시할 정도였다.

이번에 휘를 따라 나선 것은 오영(五影)들 중엔 두 사람이 전부였다.

좀 더 빠른 판단과 원활한 활동을 위해 백차강이 다섯

조로 나눌 것을 건의했고, 휘는 그것을 받아 들였다.

　－이번 일 잘해야 할 거야. 주인님 앞이야. 알지?

　－말 안 해도 알아. 나도 할 때는 한다고.

　－지랄.

　－…….

　신랄한 누나의 욕설에 연태수는 속으로 화를 냈지만, 어디까지나 속으로였다.

　밖으로 끄집어냈다간 누나의 손에 먼저 세상을 떠날 수도 있는 문제기 때문이다.

　－그보단 너 가서 여기 정보 좀 알아와.

　－내가? 내가 왜?

　－까라면 까지 뭔 말이 많아? 뒈질래?

　－다녀오겠습니다.

　살벌한 그녀의 말에 뒤도 돌아보지 않고 사라지는 연태수.

　동생이 어떤 얼굴을 하고 어떤 마음을 가지던 연화령 그녀의 시선은 휘의 얼굴에서 떨어지지 않는다.

　'하! 멋져!'

　'모용세가의 몰락과 직접적으로 연관이 있는 곳은 분명 회양문이라는 곳이 시발점이다. 모용세가의 몰락 이후 요령을 포함한 동북삼성의 세력 변화가 요동을 치기 시작했고, 일월신교의 세력이 직접적으로 모습을 드러냈었지.'

　차근차근 얽혀나간 실을 풀어내듯 휘는 머릿속에 가득한 생각들을 풀어낸다.

이러지 않고선 도저히 흑살문이란 이름을 어디서 들어본 것인지 알 수가 없었던 것이다.

'본래 사천에서의 일이 계획대로 끝났었다면 지금쯤 흉흉해진 무림 곳곳에서 칼부림이 일어날 때고, 그 틈을 타 일월신교가 조용히 기반을 늘려나가고 있을 때야. 큰 문파들이 뭔가 이상하다는 것을 눈치 챘을 때 이곳 요녕을 시작으로 일월신교가 본격적인 움직임을 보였었지.'

본격적이라곤 하지만 실제론 일월신교의 무인들이 모습을 드러낸 것에 불과하고 정식으로 일월신교가 자신들의 깃발을 들어 올린 것은 좀 더 나중의 일이었다.

'그런데 시기가 좀 빠르다. 내가 전부를 알고 있는 것은 아니지만 분명 아직은 모용세가가 더 세력을 확장하고 있을 때인데?'

심각한 얼굴로 상을 두드리는 휘.

사람을 얻기 위해 이곳으로 왔지만 모용세가의 몰락은 좀 더 나중의 일이다.

게다가 다른 문파와 본격적인 충돌도 회양문을 시작으로 한다.

그것이 휘가 아는 것이었는데, 뭔가가 바뀌었다.

적어도 휘가 아는 한.

흑살문의 개입은 지금 없었어야 했다.

'아니면… 내가 모르는 일이었던가.'

모르는 일이길 간절히 바래보지만 휘는 곧 고개를 저었

다. 저들의 행동을 보아 그럴 가능성이 거의 없었다.

저들의 위치나 행동을 보았을 때 흑살문이 원하는 것은 명백해 보였다.

'직접적인 충돌. 대체 왜?'

툭툭.

고민이 꼬리에 꼬리를 문다.

'흑살문, 흑살문, 흑살⋯!'

벌떡!

자리를 박차고 일어난 휘의 시선이 창밖의 흑살문 무인들을 향한다.

마침 내 떠오른 기억.

그와 함께 휘의 머릿속에 그려지는 한 사람의 얼굴.

'도살자! 그 개만도 못한 놈이 있었던 곳이다!'

과거 일월신교의 꼭두각시로 움직일 때.

그곳의 무인들 대부분을 싫어했지만 그 중에서도 최악이라 부를 만한 자들이 몇 있었는데, 그 중 하나가 바로 도살자였다.

휘가 자유의 몸이 되었을 때.

그의 옆에 있어 가장 먼저 목이 잘렸던 놈이다.

덕분에 기억이 희미해져 있었다.

"이제야 이해가 되는군."

어느 새 차가워진 눈으로 놈들의 행동을 바라보는 휘.

우르르 몰려온 모용세가의 지원군 덕분에 싸움은 빠르게

끝나고, 엉망이 된 모습으로 그들에게 포박당해 끌려가는 흑살문 무인들.

왜 자신이 알던 것과 달라졌는지 이젠 알 것 같았다.

'나 때문이야.'

그동안 휘가 나서서 바꾼 미래들.

그 반동이 이제 일어나고 있음이다.

'흑살문이 움직였다는 것은 곧 일월신교가 움직였다는 뜻이겠지. 본래 계획을 벗어난 움직임을 보인다는 것은 그들도 이젠 서두르기 시작했다는 건가?'

수많은 생각들이 떠올랐다 사라진다.

하지만 당장 제일 중요한 것은 하나.

자신이 알고 있던 미래가 바뀌기 시작했다는 것과 일월신교가 조금씩 빠르게 움직이고 있다는 것.

'뭐… 이젠 상관없지. 나도 조용히 움직이는 것이 적성에 맞진 않으니까.'

할짝.

마른 입술을 축이는 혀.

그의 눈이 유난히 빛난다.

모용세가 정문에 몰려든 흑살문 무인들의 흉흉한 기세에 도시의 사람들이 꽁지가 빠져라 도망친다.

무림인들의 일에 연관되어서 좋은 꼴 못 본다는 것을 누구보다 잘 알기 때문이다.

순식간에 텅 비어버린 거리.

흑살문 무인들의 선두에 선 도살자가 피식 웃으며 눈앞의 모용세가주를 향해 말한다.

"내놔."

누가 보고 듣더라도 상대를 깔보는 말투.

비검 모용택의 얼굴이 구겨진다.

자신을 무시하는 발언에 자존심이 구겨진 것이다. 다른 누구도 아닌 모용세가주인 자신을 말이다.

"여기가 어디라고 사파 따위가 설치는 거지? 놈들은 본가의 무인들을 해했으니 그에 합당한 처벌을 내린 후 돌려보낼 것이다."

"처벌? 니가? 아주 지랄을 하는구나. 감투하나 썼다고 네가 뭐라도 되는 줄 아는 모양인데. 지랄 말고 우리 애들 내놔. 확 목을 쳐버리기 전에!"

말과 함께 그의 몸에서 폭사되는 살기에 몸이 움찔거리지만 용케도 물러서지 않는 비검.

으득.

입 안을 깨물자 비릿한 피와 함께 정신이 돌아온다.

"대 모용세가주인 내게 그딴 말을 하고도 살아남을 것 같나?"

파바밧! 팟!

비검의 말이 끝나기 무섭게 모용세가의 무인들이 뛰어나오며 당장에라도 검을 뽑을 것 같은 기세를 뿜어낸다.

어느 사이에 담장 위에도 길게 늘어서서 명령이 떨어지면 달려들 준비를 마친다.

그 광경에 도살자는 가소롭다는 듯 웃었다.

"그런다고… 우리가 겁먹을 줄 알았냐? 응?"

쿠오오오-!

도살자의 몸에서 폭발적인 기운이 뿜어져 나옴과 동시 그 수하들이 각자의 무기를 뽑아 든다.

스릉, 스르릉.

한층 날카로워지는 기세.

뿐만 아니었다.

우르르르!

기다렸다는 듯 뒤편에서 달려오는 또 다른 이들.

하나 같이 기세를 높이며 달려오더니 흑살문 무인들의 뒤편에 자리한다.

"익숙한 얼굴들이지? 네놈의 욕심에 자리를 잃어버린 친구들이지. 네놈의 목을 딴다고 하니 좋다고 달려오더군."

비릿한 웃음을 짓는 도살자의 말에 비검의 얼굴이 구겨진다.

'이것들이 진짜 작정을 한 건가? 맞붙으면 이길 수 있겠지?'

머릿속을 맴도는 수도 없이 많은 생각들.

가주이지만 예전에도 그렇고 지금도 그렇고 무공이 높지 않은 그였다.

도살자는 요녕에서도 제일을 다투는 실력자.

그로선 도저히 감당 할 수 없는 상대였다.

그렇게 고민에 빠져 있을 때 눈썹을 휘날리며 한 사람이 달려온다.

"감히 여기가 어디라고 사파의 무리가 날뛰느냐!"

쩌렁쩌렁-!

귀를 울리는 큰 소리와 함께 모습을 드러낸 것은 모용강원이었다.

어느 새 손에 검을 쥔 그의 등장에 세가 무인들의 기세가 빠르게 올라간다.

'이 빌어먹을 늙은이가!'

자신이 한 말과 같음에도 불구하고 수하들의 반응이 다른 모습에 비검의 눈썹이 강하게 떨린다.

일선에 나서는 세가 무인들이 누구를 따르고 있는 지 확연하게 드러난 상황.

여기에 모용강원의 등장에 도살자의 기운이 빠르게 감소하고 있었다.

당연한 일이었다.

모용강원은 도살자와 함께 요녕 제일의 자리를 두고 다툴 수 있는 유일한 인물인 것이다.

"늙은이…."

"두말할 필요 없이 썩 물러나라! 가주님의 말씀처럼 네놈의 수하들에 대한 조사를 마친 뒤 보내 줄 것이니!"

서릿발 같은 기운을 뿜으며 말하는 모용강원을 보며 도살자는 피식 웃었다.

"우리가 뭘 믿고? 게다가 내 새끼들을 누구 마음대로 조사한다는 거야! 이야기를 들어보니 네놈들도 우리 새끼들 건드린 것 같은데, 그럼 그 놈들 내놔! 내놓으면 물러나지."

히죽거리며 말하는 놈을 보며 모용강원은 입을 다물었다.

그와 동시 비검이 앞으로 나선다.

"꺼져라! 본 세가에서 내어줄 사람은 없다. 공명정대함을 자랑하는 정파인 우리가 네놈들 따위에게 잘못한 것이 있을 리 없잖느냐!"

"가, 가주님!"

수위 높은 발언에 모용강원이 깜짝 놀라며 그를 말렸지만, 이미 상황은 늦었다.

"흐… 그러니까 우린 이름도 없는 잡놈들이다?"

"썩 꺼지…."

푸확!

쩌저정!

비검의 말이 끝나기도 전에 자신의 거대한 도를 들고 달려드는 도살자!

그의 앞을 막아선 것은 모용강원이었다.

끼긱!

"이게 무슨 짓인가?!"

가까스로 앞을 막아선 모용강원은 소리를 치며 재빨리 주변을 향해 신호를 했고, 그에 반응한 수하들이 깜짝 놀라 움직이지 못하고 있는 비검을 호위하며 뒤로 물러선다.

그 모습을 빤히 보면서도 도에서 힘을 빼지 않으며 도살자가 말했다.

"내 귀엔 싸우자는 소리로 들렸거든. 안 그래?"

"와아아아!"

도살자의 말이 떨어지기 무섭게 뒤편에 서 있던 흑살문 무인들이 움직이기 시작했다.

굳어지는 얼굴의 모용강원이 재빨리 외친다.

"이대로 일이 커지길 바라는 것인가?!"

"뭐, 그것도 괜찮겠지. 우리라고 해서 당하고만 있을 순 없지 않나, 영감?"

채앵!

억지로 도살자의 도를 밀어낸 모용강원의 얼굴은 심각 그 자체였다.

도살자의 말에서 물러서지 않겠다는 의지를 읽은 것이다.

"본가와 흑살문이 붙으면 남은 것은 공멸뿐이네."

그는 결코 흑살문의 힘을 무시하지 않았다. 아니, 오히려 요녕 안에서 가장 무서운 곳을 흑살문이라 여기고 있었다.

그렇기에 어떻게든 이 싸움을 피하고 싶었지만.

도살자는 그럴 생각이 조금도 없었다.

"영감. 이미 싸움은 시작됐어."

파앗!

말과 함께 도살자가 밀고 들어오기 시작했고, 모용강원은 이를 악물며 검을 휘두른다.

쩌정! 쩡!

캉!

요란스런 무기 소리를 들으며 휘의 시선은 모용세가의 정문을 향한다.

인근에서 가장 높은 객잔의 지붕 위에 앉은 채 상황을 살피는 그는 그늘진 곳에 앉았기에 고개를 들어 시선을 집중하지 않는 이상 발견하기 어려웠다.

"아직인가…."

휘는 때를 기다리고 있었다.

지금 저들의 싸움은 전초전에 불과했다.

때리는 쪽도 막는 쪽도 전력을 다한 것은 아니다.

'놈들이 개입하기로 마음먹었다면 이대로 끝나진 않을 테지. 분명 모습을 드러낼 거야.'

휘가 기다리는 것은 일월신교의 무인들이었다.

도살자의 말처럼 이번에 끝장을 보기로 했다면 일월신교의 무인들이 모습을 드러낼 것이다.

그래야 최소한의 피해로 모용세가를 쓸어버릴 수 있을 테니까.

'그런데 저 영감은 제법이로군. 직접 싸우면서도 쉬지 않고 수하들을 지휘하고 있다. 뒤를 받쳐주는 수하들의 실력이 아쉽군.'

모용강원의 실력은 분명 군계일학이었다.

하지만 그보다 휘의 눈길을 끈 것은 그의 지휘능력이었다. 적재적소에 사람을 넣는 것은 물론이고, 물러서야 할 때와 밀고 나가야 할 때를 확실히 구분 할 줄 알았다.

그 덕분인지 모용세가는 아직도 정문을 지키고 서 있을 수 있었다.

물론 오래 가진 않겠지만 그것만으로도 휘는 대단하다고 여겼다.

동시 왜 저런 자를 두고 모용택과 같은 자를 가주로 뽑은 것인지 모용세가의 무능함에 혀를 찼다.

'몰락하는 데엔 다 이유가 있는 법이지. 무능한 수뇌는 유능한 적보다 더 무서운 법이니까.'

그렇게 기회를 엿보던 휘의 눈에 조용히 모습을 드러내며 흑살문 무인들의 틈을 파고드는 일단의 무리들이 보인다.

"시작이로군."

휘가 자리에서 일어섰다.

삐이익! 삐익!

세가를 울리는 비상 신호에 대기하고 있던 무인들이 빠르게 뛰쳐나온다.

와아아아—!

이미 대문을 뚫고 들어온 흑살문 무인들과 그들을 돕는 무인들은 거침없이 세가 무인들을 제압하고 있었는데, 그들 중에서도 눈에 띄는 자들이 있었다.

선두에 서서 밀린다 싶으면 적극적으로 개입하며 흑살문에 큰 도움을 주는 자들.

"막아라! 저 쓰레기들을 막으란 말이닷!"

어느 새 다시 나타난 비검이 소리를 지르며 명령을 내린다.

꼭 그에 반응한 것은 아니지만 속속들이 집결한 세가 무인들은 적들을 향해 달려들었다.

세가의 자존심이라 할 수 있는 정문이 뚫렸다는 것은 결코 간단한 일이 아니었다.

이제와 흑살문이 물러나겠다고 하더라도 놔줄 수 없는 일이 되어버린 것이다.

물론 흑살문으로선 그럴 생각이 조금도 없었지만.

"아악!"

"사, 살려…!"

푸확!

사방에서 들리는 비명소리와 땅을 적시는 수많은 피.

순식간에 모용세가 정문으로 쌓여가는 피와 시신은 결코 단 한 번도 이런 상황을 떠올려보지 못한 세가 무인들을 공황상태로 몰고 가기에 부족함이 없다.

"몸을 움직여라! 놈들을 몰아내는 것이 먼저다! 당황할 필요 없이 훈련했던 대로만 움직여라!"

"내가 물러서면 내 옆의 동료는 죽는다! 나 하나 살자고 모두를 죽일 수는 없는 일! 목숨을 걸고 자리를 지켜라! 뒤는 세가에서 책임 질 것이다!"

어느 새 모용강원을 따르는 장로들이 모습을 드러내며 세가 무인들을 이끌기 시작했고, 넓게 펼쳐졌던 전선은 빠르게 정립되는 듯싶었다.

아니, 뒤에서 쓸데없는 명령만 내리지 않았어도 잠시 밀려날 지언 정 속절없이 무너지진 않았을 것이다.

"밀어내라! 놈들의 목을 치란 말이다! 뭐하는 거야?! 달려들어! 앞으로 가란 말이다!"

가주의 명령이 아니었다면 말이다.

으아아아!

함성을 내지르며 달려 나가는 세가 무인들을 보며 모용강원을 따르는 장로들이 막아보려 했지만 소용없었다.

자신들을 따르는 이들은 소수인 반면, 가주의 명령을 받아 움직이는 자들은 거의 전부였으니까.

덕분에 흑살문 무인들이 더욱 미처 날뛰며 이젠 연무장까지 완전히 밀려버렸다.

여전히 시끄럽게 떠들어대는 가주.

으드득!

모용강원이 이를 악물었지만 상황이 좋지 않았다.

아니, 눈앞에서 날아드는 거친 도살자의 도를 막아내는 것만으로도 벅찼다.

쩌엉!

치이익!

강력한 충돌과 함께 속절없이 뒤로 밀려난다.

결코 변화가 많지 않은 우직한 도법이었으나 그 안에 담긴 힘은 어마어마한 것이라 쉬이 무시 할 수가 없다.

그렇다고 정면으로 하나하나 받아치자니 누적되는 피로 역시 무서운 수준이었다.

결국 이 상황을 타파하기 위해선 주변에 신경을 끄고 도살자를 상대하는 것에 집중해야 했지만.

상황이 좋지 못했다.

결코 집중 할 수 없는 상황.

'대체 저들은 어디에서 나왔단 말인가? 결코 흑살문의 무인들이 아니다!'

그럴 수밖에 없는 것은 흑살문 무인들의 선두에서 무기를 휘두르며 세가 무인들을 빠르게 쓰러트리는 몇몇 무인들 때문이었다.

난생처음 보는 자들이 무서운 실력으로 세가 무인들의 목을 베고 있었다.

그들의 존재는 순식간에 전열을 흐트러트리고 흑살문으로 승기를 가져다주고 있었다.

"비켜라!"

"유성검대다!"

"은하검대도 왔다!"

"우와아아아!"

그때 함성과 함께 뒤편에서 빠른 속도로 달려오더니 곧장 세가 무인들의 어깨를 밟으며 전면에 나서는 일단의 무리들이 있음이니, 세가 최강의 무력 단체인 유성, 은하검대였다.

그들은 자신들의 실력이 거짓이 아니라는 듯 빠른 속도로 무너지는 전선을 붙들며 흑살문 무인들을 밀어 붙이기 시작했다.

뿐만 아니라 모용강원 장로를 따르는 장로들의 명령을 척척 받아들이며 손발을 맞추고 있었다.

으드득!

그 모습을 보며 좋아해야 할 비검이지만 반대로 이를 간다.

자신의 명령은 들은 척도 하지 않고, 곧장 전면에 나선 놈들이 마음에 들지 않았던 것이다.

그렇게 치열한 싸움이 벌어지고 있을 때.

휘는 조용히 아무도 모르게 모용세가에 잠입을 한 뒤였다.

은밀하게 움직이는 그를 발견하는 사람은 아무도 없었다.

딱히 작정하고 몸을 숨긴 것은 아니지만, 세가 전체가

혼란에 빠져 있다 보니 세세하게 신경을 쓰는 사람이 없었던 것이다.

그렇게 휘는 누구의 방해도 받지 않고 세가의 심처로 향할 수 있었다.

'어디로 가면 만날 수 있을까?'

어느 정도 들어왔다 싶을 때 휘는 주변을 두리번거리며 자신이 목표로 한 사람을 찾기 시작했다.

휘가 알고 있는 것은 얼굴과 이름 뿐.

이곳에서 어디에 지내는 것인지는 그도 알지 못했다.

"빨리 움직여라!"

"가모님의 대피는 끝났나?"

여기저기서 소란스러운 소리가 들려오지만 유난히 한곳이 조용했다.

'이곳에 존재하는 건물이니 분명 혈족이 머물고 있는 곳일 테고, 이런 상황에서 조용하다는 것은 둘 중 하나겠지. 이미 몸을 피했거나, 친족들 사이에서도 배척을 받고 있거나.'

몇 가지 경우가 더 있겠지만 휘는 그것으로 생각을 마치곤 곧장 그쪽으로 몸을 움직였다.

어차피 단서가 없는 상황이기에 그쪽으로 간다고 해서 손해 볼 것이 없는 것이다.

스륵.

가벼운 몸놀림으로 담벼락을 넘는 순간.

'찾았다.'

휘의 눈이 빛난다.

밖으로 나와 서성거리는 한 여인.

모용혜.

여성용 무복을 챙겨 입은 그녀는 필요하다면 언제든지 움직일 준비를 마치고 있었다. 작지만 소검도 허리춤에 단단히 묶었다.

겨우 호신 정도만 할 수 있지만 여차 할 때는 그것이라도 꺼내 들어야 할 터다.

도망갈 생각만 하는 다른 세가의 여인들과는 그 생각부터 다르다.

그런 그녀의 앞으로 휘가 조용히 모습을 드러낸다.

움찔!

"누구냐!"

챙!

순간 놀랐던 그녀는 곧장 소검을 뽑아 들며 휘를 향해 외쳤고, 그 모습에 휘는 자리에서 멈춰서며 두 손을 들었다.

적이 아니라는 나름의 표시였지만 그녀를 안심시킬 순 없었다.

흔들.

조금씩 떨리는 그녀의 검 끝.

그것을 보며 휘가 입을 연다.

"장양휘. 네 가치를 아는 자다."

당당하면서도 짧은 그 말에 모용혜의 아미가 찌푸려지고.

"적이라면 당장 물렀거라! 이곳이 어디라고 달려온 것이느냐! 곧 벌떼 같은 본 세가의 무인들이…!"

"그렇게 떠들 필요 없다. 어차피 밖에선 듣지도 못할 테니까."

"…기막!"

깜짝 놀라는 그녀를 향해 휘는 담담히 말을 이었다.

"거래를 하지. 이걸 받아들이고, 말고는 전적으로 네 선택에 달린 것이고. 그 전에 하나 확실히 하자면. 저 밖에서 날 뛰는 놈들과 나는 달라."

"그걸 어떻게 믿지?"

그녀의 물음에 휘는 대답하지 않았다.

그저 살짝 미소 지을 뿐.

난데없는 미소에 모용혜의 얼굴이 잠시 붉어졌지만 금세 본래대로 돌아오며 외쳤다.

"이런 시기에 세가에 침입한 자의 말을 믿으라는 것은 아니겠지?"

조용하지만 날카로운 물음.

하지만 휘는 처음과 같은 목소리로 답했다.

"이런 때가 아니라면 널 만날 수 없을 테니까. 아까도 말했지만 난 네 가치를 아는 자. 나와 거래를 하자. 네게 불리한 것만 있지는 않을 테니."

당당한 그 말에 모용혜는 입술을 깨물었다.

'기막을 펼칠 정도의 고수. 여기서 거절을 한다면… 난 죽겠지. 그게 아니더라도….'

머릿속이 복잡해진다.

그러나 결론은 하나였다.

"조건은?"

그녀의 말에 휘는 웃었다.

"너. 대가는 모용세가의 존속 및 적들의 처분 정도?"

"…뭐?"

화악!

붉어지는 그녀의 얼굴에 뭔가를 오해한 듯싶었지만 휘는 크게 개의치 않았다.

뭐라고 알아들었든 결국 필요한 것이 그녀라는 사실은 변하지 않으니까.

오히려 숨어서 듣고 있던 연화령이 발광을 하며 나서려는 것을 절묘한 순간 돌아온 연태수가 억지로 붙들었다.

그 대가로 두 눈이 퍼렇게 물들어야 했지만.

"자, 택해라. 모용세가의 몰락과 함께 죽음을 맞이하느냐, 모용세가의 존속을 택하느냐. 모든 것은 네 손에 달린 일이다."

휘의 말과 함께 선택권이 그녀에게 돌아갔다.

처음 본 자이고 믿을 수 있는 자도 아니었다.

헌데.

'믿고 싶어지는 눈.'

으직.

입술을 깨무는 모용혜.

대체 무얼 보고 그를 믿어야 하는 것인지 알 수 없다. 그리고 흑살문의 위협이 심각하다곤 하나 세가가 이대로 무너질리 없다는 것도 잘 안다.

허나, 장양휘가 내건 조건은 모용세가의 존속.

많은 것을 뜻하는 말.

'어차피 지금의 세가라면 언젠가는 무너져. 그럴 바에는….'

그녀의 눈이 휘를 향하고.

긴 고민 끝에 그녀가 선택했다.

자신의 모든 것을 내건 선택을.

❖

"크하하하!"

쩌저적!

도살자의 도를 막아낸 모용강원의 신형이 속절없이 뒤로 밀려난다.

"영감. 너무 오래 쉰 거 아니야? 응?"

느긋한 미소와 함께 다가오는 놈을 보며 모용강원은 이를 악물었다.

유성, 은하검대의 등장과 함께 전선이 유지된다 싶었는데 또 다른 자들이 나타나더니 순식간에 밀리기 시작했다.

그것을 보고 마음이 급해지니 도살자를 제대로 상대 할
수가 없었다.

'실수다.'

이를 악무는 모용강원.

자신의 실수를 깨달았을 때엔 이미 몸에 축적된 피로가
보통을 넘어서고 있어 생각처럼 몸이 잘 움직이지 않았다.

"네놈… 대체 뭘 꾸미고 있는 거냐?"

"클클. 꾸미긴 뭘 꾸며? 이번 기회에 모용의 잡놈들을 싹
쓸어버리려는 거지."

"이대로 본가가 무너질 것 같으냐?"

자존심을 세우는 모용강원의 말에 도살자는 혀를 찼다.

"지랄하고 있네. 영감. 본가가 무너진 세가가 어떻게 버
틸 수 있다고 봐? 여기가 무너지면 끝인 거야. 저 쓰레기
같은 가주를 믿고 따를 놈들이 얼마나 된다고."

"……."

신랄한 비판이지만 모용강원은 뭐라 입을 열 수 없었다.

도살자의 말처럼 이곳에서 무너지면 모용세가는 사실상
끝이라고 봐야했다.

구심점이 되어야 할 가주가 구심점이 되지 못할 테니까.

권력도, 힘도, 돈도 없는 가주의 곁에 붙어 있을 장로들
이 아니었다.

특히 모용혁.

그놈이라면 더더욱.

"영감이 생각해도 답이 없지? 그래서 인거야. 모용세가를 집어 삼킬 절호의 기회거든."

음흉한 미소를 지으며 빠르게 달려드는 도살자를 보며 모용강원도 검을 들었다. 이젠 그가 할 수 있는 일이라곤 자신의 모든 것을 쏟아내는 것 뿐.

그렇게 두 사람이 치열한 싸움을 벌이고 있을 때 후방에서 입만 살아 떠들어 대던 비겁 모용택의 얼굴은 파랗게 질려 있었다.

살면서 단 한 번도 이런 상황을 생각해 본 적이 없었다.

태어났을 때부터 모용세가의 후계로서 당당하게 살았고, 가주의 자리에 오르고 난 뒤엔 더더욱 무서울 것이 없었다.

자신의 무공 실력이 떨어지는 것은 알지만 그것은 다른 것으로 메울 수 있다고 생각했었다.

하지만 지금의 광경을 보라.

온 사방에서 비명이 들려오고 피가 튄다.

수하들이 죽어가고 있었다.

공포.

그것은 공포였고, 그 질리는 모습에 모용택은 현실을 외면하기 직전까지 몰리고 있었다.

"장로들! 다른 장로들은 다들 어디로 간 것인가!"

"그, 그것이…!"

그의 외침에 때마침 장로들을 데리러 갔던 수하가 창백한 얼굴로 달려와 답했다.

"계, 계시지 않습니다. 지금 세가에 계신 장로님은 앞에서 싸우고 계신 분들 외엔 아무도 안계십니다! 안쪽에 물어보니 다들 몸을 피신하셨다고…."

"뭐, 뭐?!"

핑-

눈앞이 빙글빙글 돈다.

믿었던 장로들이 자신을 버리고 벌써 몸을 피했다.

믿지 못했던 장로들은 목숨을 아끼지 않고 선두에 서서 싸우고 있는데 말이다.

"그, 그래. 나도 피해야지! 암! 내가 무너지지 않으면 모용세가는 무너지지 않은 것이지! 나를 따라와라!"

혼자 중얼거리던 그가 자신을 호위하는 무인들에게 일방적인 명령을 내리며 빠르게 뒤를 향해 뛰었고, 그 모습을 당황스런 얼굴로 보던 호위들은 긴 한숨과 함께 뒤를 따랐다.

당장 마음에 들진 않지만 자신들이 맡은 임무는 가주의 호위.

그가 어떤 행동을 취하든 그의 곁을 지켜야 했다.

하지만 그를 따르는 그들의 시선은 여전히 치열한 싸움을 벌이고 있는 동료들에게서 떨어질 줄 모른다.

"서둘러라! 어서!"

모용혁의 재촉에 수하들이 빠르게 집안의 패물들을 챙겨 등에 짊어진다.

너무 큰 것들은 제외하고 작고, 값어치가 비싼 것들로만 골라서 가져가려 하는 것이다.

"무너지는 배 위에 남아 있는 것보다 멍청한 짓은 없지."

저 멀리서 들려오는 병장기와 비명소리를 들으며 모용혁은 굳은 얼굴로 혀를 찼다.

"아깝긴 하지만 내 목숨은 중요하니까 어쩔 수 없지."

본래 계획은 철저하게 모용택을 꼭두각시처럼 휘두르며 나중엔 세가를 집어 삼키는 것이었지만, 상황이 이렇게 되니 어쩔 수 없었다.

목숨보다 중요한 것은 없으니까.

게다가 이 만한 패물이면 평생을 떵떵거리며 살 수 있기도 했고 말이다.

그렇게 빠르게 준비를 마치고 움직이려는 순간.

"어디를 가시는 건지요, 모용혁 장로님?"

무복을 차려 입은 한 여인이 일행의 앞을 막아선다.

갑작스런 그녀의 등장에 얼굴을 알아보지 못한 자들이 움직이려 했지만 그보다 먼저 나선 것은 모용혁이었다.

"넌… 그래. 모용혜로구나. 아픈 몸을 이끌고 잘도 여기까지 왔구나?"

어릴적 본 얼굴이 남아있었기에 모용혁은 모용혜를 알아볼 수 있었다.

다만 아파서 자신의 침실을 잘 벗어나지 않는다고 알려진 것에 비해 너무나 건강한 모습에 놀라긴 했지만, 그것은 지금 중요한 것이 아니었다.

한시라도 빨리 이곳을 벗어나야 했다.

"오랜만에 네 얼굴을 보니 반갑지만, 지금은 시간이 없으니 다음에 보도록 하자."

"저 소리가 안 들리시나요? 세가의 장로라는 분이 어디로 가시려는 건가요? 당신이 가야 할 곳은 다른 곳이 아닌 저곳이지 않나요?"

차가우면서도 당당한 그녀의 말에 모용혁의 얼굴이 일그러진다.

"비켜라, 계집! 네가 잘난 모용강원의 손녀라는 것을 믿고 설치는 모양인데…!"

"틀렸어. 그녀가 당당 할 수 있는 것은 내 휘하에 들어왔기 때문이지."

"누, 누구냐!"

갑작스레 곁에서 들리는 남자의 목소리에 깜짝 놀란 모용혁이 옆을 돌아봤지만, 어느 새 그는 모용혜의 곁에 서 있었다.

자신도 모르는 사이에 곁에 섰다는 것은 그 순간 목이 날아갈 수도 있었단 말.

그 섬뜩함에 절로 목을 매만지는 손.

모용혜의 옆에 당당히 자리하는 사내.

장양휘다.

"넌 자격이 없어."

"뭐, 뭐?"

휘의 말에 당황하긴 했지만 모용혁은 더 입을 열지 않았다.

방금 전의 한 수만 봐도 알 수 있었다.

자신으로선 놈의 상대가 될 수 없다는 것을.

'패물이 중요한 것이 아냐. 어떻게든 여길 빠져나가야 한다.'

그의 머리와 눈이 빠르게 움직인다.

생각이 끝나는 그 순간.

"짱돌 굴리는 소리가 여기까지 들리네."

뻐억!

휘의 짧은 말과 함께 얼굴에서 부터 시작된 강렬한 충격에 모용혁은 정신을 잃었다.

하지만 그 육신은 허공을 날아 뒤편에 떨어져 내린다.

허공에 핏줄기를 흩날리며.

단숨에 얼굴을 박살내며 제압을 한 휘가 주변을 보며 웃었다.

"또 할 사람?"

파바밧.

거의 동시 그들의 손이 하늘을 향한다.

항복의 자세를 취하며.

그 모습에 모용혜는 안도의 한숨을 내쉬며 비명 소리가 들리는 정문이 있는 곳을 바라보았다.

"걱정되는 모양이지?"

"약속을 지켜주세요."

어느새 다가온 휘의 말에 그녀가 휘를 향해 시선을 돌리며 약속을 지킬 것을 요구했다.

그 눈에 서린 간절함에 휘는 당연하다는 듯 고개를 끄덕였다.

"난 약속은 지켜. 태수."

"하명을."

스슥.

연태수를 부름과 동시 휘의 그림자에서 솟아나듯 모습을 드러낸 연태수가 무릎을 꿇는다.

갑작스런 상황에 모용혜가 놀랐지만, 그녀의 반응과 상관없이 휘는 명령을 내렸다.

"놈을 비롯해 도망간 장로들을 잡아 들여라. 목숨은 다들 붙여놓되, 심하게 반항하는 자는 죽여라."

"존명!"

힘찬 대답과 함께 사라지는 연태수.

그와 동시 어느 새 모습을 드러낸 암영들이 모용혁을 포박했고, 그것을 확인한 휘가 모용혜를 향해 말했다.

"그럼 가볼까?"

조용히 고개를 끄덕이며 모용혜가 먼저 걷기 시작했고, 그 뒤를 휘가 따른다.

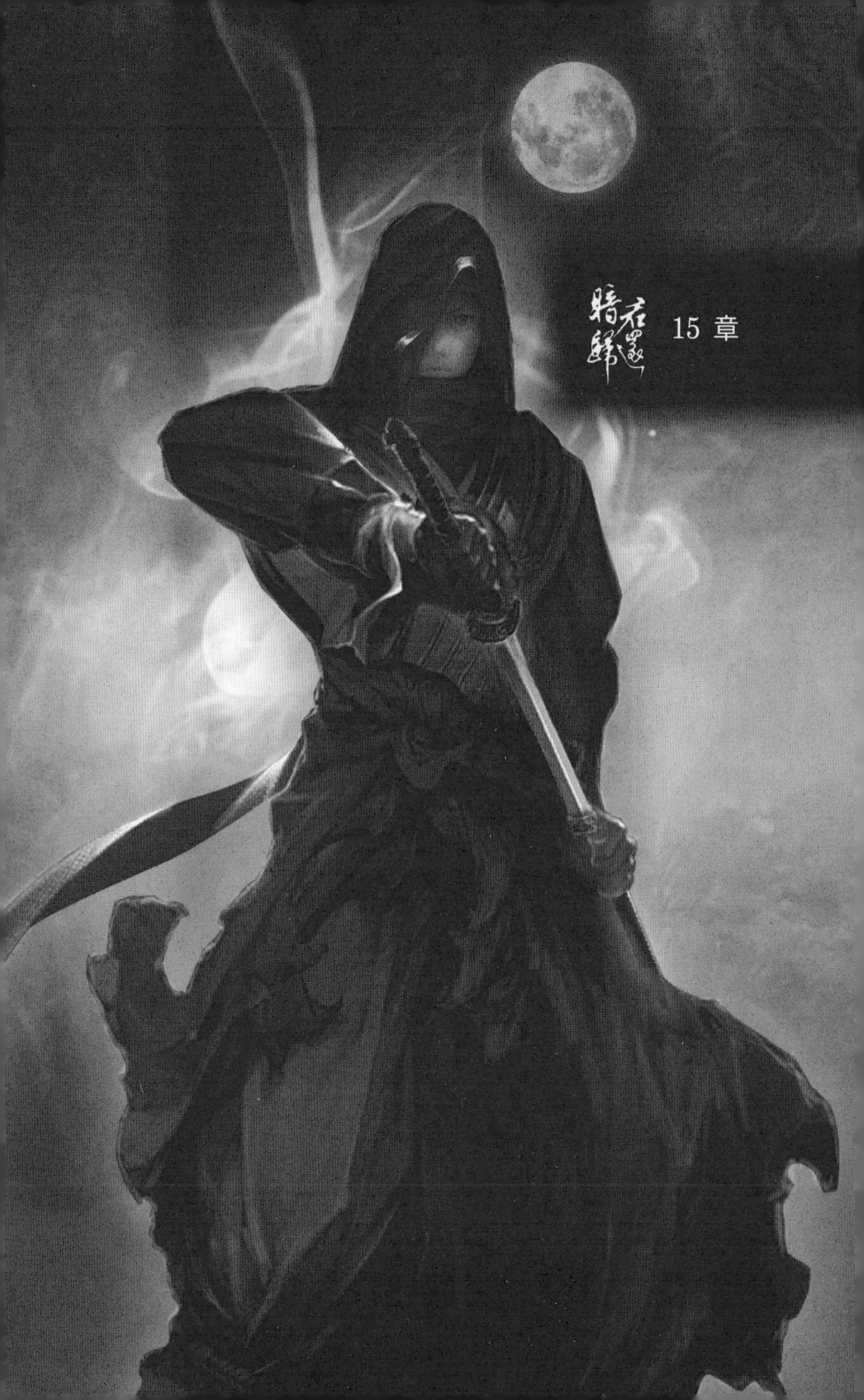
15 章

15 章

즈컥!

날카로운 소리와 함께 허공에 그어지는 혈흔.

그리고 곧 멀지 않은 곳에서 들리는 둔탁한 소리.

덜썩.

"으음…!"

신음과 함께 비틀거리며 물러선 모용강원의 왼팔이 팔꿈치서부터 허전하다.

투툭, 툭!

재빨리 오른손으로 점혈을 하여 흐르는 피를 막아내는 그의 얼굴은 창백하지만 두 눈만큼은 아직도 활활 타오른다.

허나, 그런 열기와 다르게 육신은 지치고 내공도 바닥이 나버린 지 오래.

"영감, 제법이잖아? 설마 이렇게까지 버틸 줄은 몰랐는데 말이야."

히쭉 웃으며 그 큰 도를 어깨에 걸치는 도살자.

놈의 도에서 뚝뚝 흐르는 피는 분명 모용강원의 것이었다.

밀린다 싶더니 결국 놈의 공격을 피하지 못하고 왼팔을 잃은 것이다.

"아악!"

"사, 살려…!"

"죽어!"

사방에서 들려오는 비명과 고함.

전장을 방불케 하는 난장판이 벌어지는 세가를 보며 모용강원은 이를 악물었다.

때를 맞추어.

화르륵─!

세가 건물 중 하나가 크게 타오르기 시작한다.

대연무장에서 멀지 않은 작은 전각에 불과했지만, 그것이 신호탄이라도 되는 듯 비명과 함께 전장에서 도망치는 세가 무인들의 수가 늘어난다.

아니, 처음부터 슬금슬금 발을 빼는 자들이 한 둘이 아니었는데 이젠 대규모 이탈자가 나오고 있었다.

그 모두가 가주인 비검 모용택이 억지로 가세를 확장하며 받아 들였던 무인들.

세가에 대한 충성심이라곤 눈곱만큼도 없는 놈들이기에 세가의 안전을 뒤로하고 살기위해 도망치는 것이다.

으득!

이가 갈리지만 모용강원은 끝내 입을 열지 않았다.

'어차피 이렇게 될 일이었다. 결국 부족했던 거다.'

이제와 후회한들 늦었지만 어쩌겠는가.

마음 깊은 곳에서 솟아오르는 것은 후회뿐인데.

스윽-.

어느 새 다가온 도살자의 도가 높이 치켜들어진다.

"오늘로 모용세가는 끝나는 거야, 영감. 그걸 보여주고 싶지만 아쉽게 되었어. 클클클."

모용단원을 앞에 두고 그를 비웃던 도살자의 도가 빠른 속도로 하강한다.

일도양단의 기세로 날아드는 도를 보며 모용강원은 피하지 않았다.

아니, 피할 수 없었다.

더 이상 피할 힘이 없었던 것이다.

그저 할 수 있는 것이라곤 날아드는 도를 바라보는 것뿐.

'혜야!'

마지막 순간 손녀의 얼굴이 떠오르고.

두 눈을 감으려는 그 마지막 순간.

쩌엉!

굉음과 함께 도살자의 도가 하늘을 향해 튕겨져 나더니.

휙!

뻐억!

찰진 소리와 함께 도살자가 뒤로 날아간다.

선명한 발자국을 배에 새긴 채로.

"크헉!"

겨우겨우 숨을 뱉어낸 도살자의 얼굴이 일그러지며 자신의 행동을 막은 놈을 바라본다.

정확히 모용강원의 앞을 가로막고 선 사내.

"네놈… 누구냐?"

"너도 자격은 없다."

"뭔 개소리야! 어떤 개새끼냐고!"

붉어진 얼굴로 외치는 도살자.

분노가 극명히 드러나는 그의 모습을 외면하며 휘는 모용강원에게 말했다.

"일단 저쪽으로. 자세한 건 모용혜가 이야기 해줄 거요."

"자넨… 누군가?"

떨떠름한 얼굴로 일어선 그의 물음에 휘는 고개를 저었다.

"모용혜에게 들으시오. 지금은… 돼지새끼들을 잡아야 할 것 같으니까."

휘의 눈을 스쳐지나가는 살기를 보며 모용단원은 일단 고개를 끄덕였다.

정체는 알 수 없으나 자신을 도왔고, 모용혜를 알고 있다.

상황이 어쨌거나 적은 아니라는 생각에 일단 뒤로 물러서기로 했다.

아니, 그럴 수밖에 없었다.

어느 새 옆에 나타난 모용혜가 말 한 마디에 없이 조용히 그의 오른팔을 붙들고 뒤로 움직였으니까.

손녀에게 반쯤 끌려가다 시피 하며 물러서는 모용강원을 보던 휘가 천천히 도살자를 쳐다보는 그 순간.

어느 사이에 달려든 놈이 허공에서 체중을 한 것 실은 채 도를 휘둘러오고 있었다.

쐐애애액!

날카로운 소리가 몸을 움찔거리게 만들지만.

휘는 어렵지 않게 옆으로 몸을 날려 피했다.

콰앙-!

굉음과 함께 흙먼지가 피어오르고.

먼지가 피어오르며 시야를 가린 틈을 타 도살자가 다시 한 번 몸을 날리지만, 그가 본 것은.

눈앞을 가득 채우는 휘의 주먹이었다.

콰직-!

"크아악!"

비명과 함께 뒤로 날아가는 놈.

생생하게 전달되는 코뼈가 부러지는 느낌과 손에 묻은 피를 손을 흔들어 날려내며 휘는 주변을 둘러본다.

모용세가 무인들이 나름 최선을 다하고 있었지만 연신 밀리고 있었다.

수적 우위도 도망가는 놈들 때문에 이젠 별 의미가 없었고, 실력이 뛰어난 이들은 조용히 나타난 일월신교 무인들에게 제거되며 그 힘을 쓰지 못하고 있었다.

오죽하면 유성, 은하검대의 절반이 제대로 힘을 써보지도 못하고 무너졌을까.

난전(亂戰)이 벌어지며 무너지는 전선을 틀어막기 위해 곳곳에 흩어져서 투입되다보니 큰 힘을 발휘하지 못하며 일월신교 무인들의 좋은 먹잇감이 되어버린 것이다.

"개판이로군, 개판이야."

짧게 혀를 찬 휘가 나지막하게 불렀다.

"화령."

—하명을.

전음으로 들려오는 그녀의 목소리가 어딘지 모르게 밝다.

"쓸어버려."

—존명!

휘의 명령이 떨어지고.

츠츠츠.

츠츠.

빠르게 모습을 드러내는 암영들.

그들의 등장과 동시 싸움의 방향이 바뀐다.

푸확!

"커헉!"

"끄어억."

소리 없이 나타난 암영들은 빠른 속도로 흑살문 무인들의 목을 벤다.

심장을 꿰뚫고, 거침없이 목을 베어내고, 몸을 가른다.

흑살문 따위가 암영들을 막을 순 없다.

갑작스런 그들의 등장에 모용세가도, 흑살문 무인들도 당황했지만 곧 모용세가 무인들의 기세가 드높아진다.

철저히 흑살문 무인들만 노리는 모양을 보고 정체는 알 수 없으나 증원을 나온 것이라 판단한 것이다.

"뭐, 뭐냐! 대체 뭐냐!"

갑작스런 일에 당황한 도살자가 소리치지만 휘는 대답해 줄 생각이 없었다.

"청소는 깨끗하게."

그저 놈을 향해 몸을 날릴 뿐.

떠덩! 떵!

휘의 주먹질에 자신의 도를 휘둘러 막아내는 데 급급한 도살자.

도의 넓은 면을 이용해 막아 낼 수밖에 없을 만큼 주먹질은 매섭고, 빨랐다.

자신의 눈에 겨우겨우 인지 될 정도로.

"빌어먹을!"

으드득!

이를 악문 도살자자는 순간 도에 전달되는 힘을 빠르게 흘려내며 앞으로 발을 내딛었다.

한대 얻어맞는 한이 있어도 휘의 목을 베어버리겠다는 의도였지만.

퍼퍼퍽! 퍽!

이룰 수 없었다.

마치 하늘에서 떨어지는 유성우처럼 무수히 많은 주먹이 자신의 앞을 채우며 날아드는 것을 구경해야만 했다.

"맷집은 제법이네."

한참을 두들겼음에도 꾸역꾸역 일어서는 놈을 보며 휘는 괜찮다는 듯 고개를 끄덕였다.

그러며 주변을 둘러보니.

암영들이 일방적으로 흑살문 무인들을 몰려내고 있었다.

그 수는 결코 저들에 비해 많지 않았지만, 압도적인 실력으로 빠르게 움직이니 저들로선 막아낼 방법이 없었다.

중간중간 일월신교 무인들이 모습을 드러내었지만 그때마다 화영이 몸을 날렸다.

"호호호! 뒈져!"

몸을 날릴 때마다 광기서린 웃음을 터트리니 이젠 앞으로 나서는 자가 없을 정도다.

'이 정도로 끝날 리 없을 텐데?'

휘의 시선이 놈들을 향하고 있을 때, 부들거리는 무릎을 붙들고 자리에서 일어서는 도살자에게 전음이 날아들었다.

-한심하구나.

움찔!

-이젠 됐다.

"도, 도련…!"

퍽!

미처 말을 끝내기도 전.

도살자의 머리가 터져나간다.

사라져버린 머리를 두고 쓰러지는 육체.

사방에 튀는 피.

휘가 놈을 바라보자.

어느 새 쓰러지는 놈의 뒤편에 홍의 용포를 차려 입은 한 사내가 서 있었다.

"오랜만이로구나."

싱그러운 미소를 지으며 인사하는 사내.

묘하게, 아니 거의 판박이라 할 정도로 휘를 닮은 그의 등장에 휘의 몸에서 이제까지 볼 수 없던 거친 기운이 쏟아져 나온다.

푸화확-!

"너! 너!"

"너라니 너무하는 구나. 그래도 형인데."

"이 개새끼!"

거칠게 욕설하는 휘를 향해 그.

장양운의 얼굴이 만개한다.

온 몸의 신경이 곤두서고, 몸이 급격히 굳을 정도의 강력한 살기에 두 사람의 주변에 있던 무인들이 창백한 얼굴로 몸을 피한다.

적아를 가릴 것도 없다.

피하지 않으면 긴장감을 버티지 못하고 쓰러질 것 같았으니까.

어마어마한 살기에 어느 새 싸움은 멈춘다.

우웅, 웅.

살기와 함께 흘러나온 기운들이 거칠게 장양운을 압박하지만 그는 아무렇지 않은 듯 얼굴의 미소를 지우지 않는다.

오히려 귀찮다는 듯 가볍게 손을 휘두르자.

스르륵.

그의 몸을 압박하던 기운들이 말 잘 듣는 개 마냥 가라앉는다. 아무런 위협도 되지 못하고.

꿈틀.

난데없는 일에 휘의 눈썹이 꿈틀대지만 그뿐이다.

여전히 분노한 얼굴의 휘.

하지만.

그 속은 누구보다 차가웠다.

'놈이 나타났다는 것은 일월신교에서 이곳을 그만큼 중요하게 여긴다는 건가? 아니면 다른 속셈이 있는 건가?'

원수나 마찬가지인 놈을 만난 것이 반갑지 않은 것은 아니지만, 그보다 먼저 휘의 머릿속을 헤집은 것은 일월신교의 의도였다.

자신을 따르는 이들이 늘어남에 따라 자신의 마음이 가는 대로 움직일 수만은 없는 것이.

휘의 입장이다.

"넌 여전히 재주가 좋구나. 하긴 어릴 적부터 유난히 재주가 좋아 모두에게 사랑을 받았었지. 그 사랑이… 결국 독이 되었지만."

으드득!

낮게 이를 가는 휘.

그러곤 천천히 내공을 끌어올린다.

숨기는 것도 없었다. 두 손에 몰려드는 검붉은 기운이 확연히 보인다.

"이런, 이런. 무모한 짓을 하는구나. 저놈들을 데리고 네가 뭐라도 되어 보였던 모양인데."

스윽.

그의 손이 올라가자.

조용히.

아주 조용히 일련의 무리가 모용세가의 담벼락 위로 모습을 드러낸다.

'일월신교의 정예!'

놈들을 정체를 단숨에 꿰뚫어 보는 휘.

지금까지 몇몇 보였던 일월신교 무인들과 비교 할 수 없는 실력을 소유한 진짜 일월신교 무인.

그들은 등장과 함께 위압감을 주려는 것인지 거침없이 기세를 풀어내고 있었다.

"그건 아무것도 아냐. 개미가 모여 봐야 개미일 뿐이야. 언제든지 밟아 줄 수 있는 개미 말이야. 그게 너다. 장양휘!"

얼굴의 미소를 지운 장양운의 얼굴이 표독스럽다.

휘와 마주보고 있는 것 자체가 싫은 듯.

그 얼굴을 보며 휘는 피식 웃었다.

결국 많은 말을 했지만 놈이 원하는 것은 하나였다.

"내 목을 바라는 모양인데. 그건 나도 마찬가지다, 이 새끼야!"

파앗!

휘의 신형이 놈을 향해 달려든다.

그와 함께 암영들이 일월신교 무인들을 향해 달려들었다.

치익!

날카로운 주먹에 닿은 머리카락이 타들어가며 특유의 냄새를 남긴다.

눈앞을 스쳐지나가는 주먹.

반격을 가하려 하지만 그보다 먼저 놈의 무릎이 텅 빈 허리를 노리고 날아든다.

텅!

재빨리 왼손을 들어 가볍게 밀어낸다는 느낌으로 막아내며 거리를 벌린다.

짧은 순간 일장의 공간이 생겨나고.

기회를 주지 않겠다는 듯 거침없이 달려드는 휘를 보며 장양운은 웃었다.

"그게. 네 한계다."

텅!

휘가 접근하기 전 장양운의 주먹이 가볍게.

아주 가볍게 휘둘러진다.

하지만 주먹에 실린 힘까지 가벼운 것은 아니었다.

허공을 격하고 날아드는 권력에 깜짝 놀라며 재빨리 손을 교차시키며 막는 휘!

쩌엉!

둔탁한 충격과 함께 휘의 신형이 속절없이 밀려난다.

"멍청하게 힘으로만 달려드는 것은 어디서 배워먹은 짓거린지. 쯧쯧."

혀를 차며 몇 번 더 주먹을 휘두른다.

콰콱!

그때마다 허공을 격한 권력이 사정없이 휘를 두드렸고,

그때마다 휘는 이를 악물고 막아내거나 피해야 했다.

춤이라도 추는 듯 쉬지 않고 발을 놀리는 휘를 보며 장양운은 웃었다.

아주 즐겁게.

쿵!

'벌써 이 정도란 말인가?'

놈의 주먹을 받아낸 휘가 인상을 쓴다.

겉으로 보기엔 무작정 달려드는 것 같지만, 실제론 휘가 장양운을 시험하는 중이었다.

놈의 현재 실력에 대한 시험.

결과는 놀라웠다.

자신이 생각하고 있던 것 이상의 실력을 갖추고 있을 뿐만 아니라, 공격 하나하나에 실린 힘을 보아 내공도 예전과 비교 할 수 없었다.

휘가 알고 있는 미래에서도 놈의 실력은 뛰어났었다.

그랬지만 이 정도로 빠르게 성장하진 않았었다.

'이것도 미래가 바뀐 결과인가?'

결국 답은 하나다.

미래가 바뀌었다는 것.

지금 시점에서 장양운이 자신이 알고 있던 것 이상의 실력을 발휘한다는 것 자체가 그것을 뜻한다.

치지직.

고개만 돌려 피해낸 놈의 공격.

타들어가는 머리카락.

힐끔.

곁눈질로 암영들을 본다.

밀리지 않고 대등한 수준으로 싸우고 있는 암영들.

그 모습에.

휘는 웃었다.

속으로 아주 크게.

말을 하지 않았음에도 자신의 행동에 맞추어 알아서 움직여 준다.

자신과 암영들 사이에 이어진 끈끈한 줄이 보이는 것 같아 휘는 웃음을 멈출 수 없었다.

그 웃음을 밖으로 드러낼 수 없음이 안타까울 뿐.

텅!

두 손에 힘을 주어 장양운이 날려 보낸 권력을 막아낸 휘가 뒤로 조금 물러섰다.

그러자 동작을 멈추는 장양운.

"하나 물어보자."

"수하들이 죽어가는 시간에도 궁금증은 일어나는 모양이지? 좋아. 대답 할 수 있는 것이라면 답해주지."

씨익.

웃는 얼굴이 유난히 재수 없어 보인다 생각하며 휘가 물었다.

"왜 그랬냐?"

"뭘?"

"왜 그랬냐고."

많은 것을 포함하고 있는 그 물음에 장양운은 이해하지 못하겠다는 듯 연신 고개를 흔든다.

아니, 애초에 대답해줄 생각이 없었으리라.

"역시 넌 개새끼야."

어딘지 모르게 장양운과 닮아 있는 미소를 짓는 휘.

그 모습에 장양운의 얼굴이 굳어진다.

"재수 없는 새끼. 넌 항상 재수가 없었어."

"너보단 낫다고 보는데?"

"흐… 그 결과가 이것 아닌가? 발버둥을 쳤지만 수하들은 죽고, 너도 죽고. 이것도 공평하다면 공평한 건가?"

"죽어? 누가?"

그를 비웃으며 휘가 손가락으로 자신의 수하들을 가리킨다.

"아무도 안 죽었는데?"

그제야 장양운의 시선이 자신의 수하들을 향하고.

그곳엔.

팽팽하게 싸우고 있지만 누구도 죽지 않는.

그야 말로 말도 안 돼는 싸움이 벌어지고 있었다.

목숨을 노리고 무기를 휘두르는 데 누구도 죽지 않는다.

이런 기이한 싸움이 무림에 있을 리 없다.

이것이 뜻하는 바는 단 하나.

"너, 너!"

"늦었어, 병신아."

휘가 웃으며 놈을 향해 달려들었다.

"흡!"

짧은 호흡과 함께 최단 거리로 찔러 들어오는 휘의 주먹.

이를 악문 장양운이 두 손바닥을 교차시키며 휘의 주먹을 받아낸다.

두 발을 굳건히 땅에 붙이고 기의 흐름을 조절해 곧 다가올 충격을 해소하고자 했다.

하지만.

퍽!

짧은 소리와 함께.

콰콰쾅-!

굉음이 귀를 찌르더니 버텨낼 틈도 없이 몸이 허공에 뜬 채 뒤로 날아간다.

미처 반응할 틈도 없이.

콰르륵!

담벼락이 무너지며 몸을 덮치고, 뒤늦게 강렬한 충격이 몸을 헤집지만 그보다 장양운을 놀라게 한 것은 놈의 공격을 막아 낼 수 없었단 것이다.

"뭐, 뭐?!"

와르르.

재빨리 돌을 치우며 일어서서 휘를 바라보는 장양운.

놀란 얼굴이 역력한 놈의 얼굴을 보며 휘는 만족스런 미소를 지었다.

"네놈! 네놈이 어떻게!"

"거, 되게 시끄럽네."

쐐애액!

떠들어대려는 놈을 보며 어느 새 다가서선 차갑게 말하며 힘차게 놈의 배를 후려갈긴다.

뼈억!

강렬한 소리와 함께 주먹을 통해 흐르는 전율!

"우웨엑!"

무방비로 당한 강렬한 한 방에 토악질을 하며 주춤주춤 뒤로 물러서는 장양운.

그런 놈을 보면서도 휘는 움직이지 않았다.

조용히.

아주 조용히 주먹에 남은 여운을 즐길 뿐.

'좋은 기회야. 이번 기회에 제거해서 후환을 없애버린다.'

훗날 더 멋들어진 복수를 위해 놈을 살려둘 생각 따윈 눈곱만큼도 없었다.

그럴 생각이었다면 처음부터 건드리지 않았을 거다.

눈앞에서 제거 할 수 있을 때.

제거하는 것이 최선의 방법이다.

어설프게 살려두었다간 훗날 어떤 식으로 자신에게 위협이 될 것인지 알 수 없다.

이는 자신 스스로 증명하지 않았던가.

'그날 날 죽였다면. 날 암군으로 만들지 않았다면… 넌 내손에 죽지 않았겠지. 하지만 날 살려두었던 것이 네 실수다. 그래서 내 손에 두 번이나 죽는거야.'

비릿한 미소와 함께 휘가 다시 놈을 향해 달려들었고, 어느 새 토악질을 멈춘 장양운 역시 나름의 준비를 마치고 있었다.

우웅, 웅.

온 몸 가득 내공을 끌어올린 장양운의 주먹이 달려드는 휘를 향해 휘둘러진다.

"죽어!"

날아드는 주먹을 향해 휘 역시 주먹을 내밀었다.

그 짧은 순간 막대한 내공을 실은 주먹이 앞으로 나아가고, 둘의 주먹이 허공에서 부딪친다.

쩌엉!

귀를 찌르는 강렬한 소리와 함께 둘의 신형이 멈춰 선다.

어찌나 강한 힘이 실렸던지 발목까지 땅을 파고든다.

팽팽한 둘의 주먹.

주륵.

장양운의 입가를 타고 흐르는 붉은 선혈.

팽팽한 것이 아니었다.

짧은 순간 많은 내공을 동원하지 못했음에도 불구하고 휘가 놈을 짓누른 것이다.

어쩌면 당연한 이야기였다.

완성되지 못한 장양운과.

거의 완성에 이른 장양휘.

둘의 대결은 처음부터 정해져 있는 것이나 마찬가지였다. 그것을 의미하기라도 하듯 암영들이 거침없이 일월신교 무인들을 제압해 나간다.

단. 한 놈도 살려두지 않겠다는 듯.

"크으… 크아아아!"

자신이 밀렸다는 현실을 부정하려는 것인지 괴성을 내지르며 있는 모든 내공을 끌어올리는 장양운.

쿠구구-

거칠게 살기를 품은 기운들이 날뛰기 시작한다.

"있을 수 없는 일이야! 이건! 있을 수 없는 일이란 말이다!"

붉게 물들어가는 두 눈.

악에 받친 놈을 휘는 무표정한 눈으로 내려다본다.

무심하게.

"날! 날! 그런 눈으로 보지마라! 이 개새끼야!"

콰쾅-!

욕설과 함께 날아온 놈의 권력!

굉음이 터지고 거대한 파괴력에 뒤의 전각 일부가 무너져 내렸지만, 정확하지 않은 일격은 휘를 스쳐지나갈 뿐이다.

"흐, 흐흐! 그래, 넌 예전부터 그랬지. 뭐든 잘 난 놈이었으니까. 그래, 그래⋯ 넌 그런 놈이지."

"네 망상일 뿐이다."

"지랄하고 있네. 흐, 흐흐. 흐하하하!"

갑작스레 광소를 터트리는 놈을 보며 얼굴을 찌푸리는 휘.

놈이 미친놈이라는 사실은 옛적부터 알고 있었지만, 이런 행동을 보일 것이라곤 생각지 못했다.

전생에서 자신의 손에 죽는 그 순간에도 이런 행동은 보이지 않았었다.

'아니 보일 틈도 없이 죽여 버렸던가?'

우득!

웃음을 멈춘 장양운이 이를 악문다.

그리곤.

달려들었다.

휘도 망설이지 않았다.

더 이상 할 이야기가 없었다.

남은 것은 서로의 목숨을 노리는 것 뿐.

떠더덩!

둘의 주먹이 교차하고.

발이 보이지 않을 정도로 빠르게 움직인다.

쉬지 않고 흔들리는 상체와 빈틈을 노리는 날카로운 눈.

"스읍, 후우."

들이쉬고 내뱉는 호흡을 귀에 담는다.

날카로워진 감각은 놈의 모든 것을 알려준다.

너무나 집중하기 때문인지 주변의 모든 것이 지워지고, 하얀 공간에 둘만이 존재하는 것 같다.

눈에 보이는 것이라곤 오직 놈 뿐.

그것은 장양운이라고 해서 다를 것이 없었다.

다만 다른 것이 있다면, 온 사방이 붉게 보인다는 것.

그렇게 둘의 치열한 싸움이 벌어지는 동안, 장내는 빠르게 정리가 되어가고 있었다.

본래 암영은 일월신교 내에서도 최강의 검으로 써먹었을 만큼 뛰어난 실력을 자랑하는 자들이었다.

인간처럼 지치는 일도 없고, 어지간한 부상에도 몸을 사리는 일이 없다.

그랬던 암영들을 그들이 막아낼 수 있을 리 없다.

일월신교의 정예라곤 하지만 진정한 의미의 정예는 아니었다.

일월신교의 진짜 무인들은 오각(五閣)의 무인들이니까.

어쨌거나 한 것 날뛰고 나서 편안해졌다는 얼굴로 휘의 싸움을 지켜보는 화령.

몸 곳곳, 얼굴 곳곳에 튄 붉은 피가 사이한 모습을 자아내지만 그녀의 미모를 가릴 순 없다.

오히려 그것이 묘한 자극을 줄 뿐.

무너진 담벼락의 한곳에 앉아 묘한 웃음을 지으며 휘의

싸움을 바라보는 그녀의 곁으로 태수가 털썩 주저앉았다.

"끝난 거야?"

그의 물음에 대답하지 않는 화령.

익숙한 듯 태수는 한숨과 함께 휘의 싸움을 지켜본다.

휘의 명령을 받아 모용세가를 벗어난 장로들을 잡으러 갔던 태수가 이 자리에 돌아왔다는 것은 놈들을 모조리 잡아왔다는 뜻.

그렇지 않아도 피바람이 분 모용세가지만.

이 싸움이 끝난 뒤엔 또 다른 피바람이 불 것이 분명했다.

자신들과는 아무상관 없지만.

"하아, 너무 멋있지 않니?"

한참을 있다가 한다는 말이 휘를 찬양하는 소리다.

그런 화령의 말에 태수는 움찔했지만 곧 동조했다.

"대장이야 언제나 멋있지."

"그렇지? 하! 어떻게 내 심장이 멈추질 않는다."

'멈추면 죽어.'

목구멍까지 말이 튀어나왔지만 끝내 집어 삼키는 것에 성공한 태수는 남몰래 한숨을 내쉬었다.

혼잣말하는 것 같지만 그때그때 대답하지 않으면 내일 이 시간에는 침상에 누워서 보내야 한다는 것을 그동안의 경험으로 잘 알고 있는 그였다.

이젠 누나인 화령을 따라 휘를 찬양하는 것이 누구보다 익숙해진 그였다.

'그게 싫다는 건 또 아니지만. 누나가 좀 심하긴 하지.'

상황이 어찌되었건 휘와 장양운의 싸움은 계속되었다.

근접거리에서 서로를 공격하고, 막아내고, 쳐내고.

눈에 보이지도 않는 그 작업을 둘은 묵묵히 해내고 있었다.

한 번만 실수해도 단숨에 저승을 향해 달려가야 할 상황이기에 둘의 집중력은 그 어느 때보다 높았다.

터턱! 턱!

자신의 공격을 막아내는 장양운.

그 손을 통해 전해지는 힘이 약해졌다 싶은 그 순간.

장양운이 순간 발을 앞으로 내 뻗더니 한 걸음 크게 내딛는다.

자연스럽게 딸려가는 몸.

눈 깜작 할 사이 휘의 품으로 파고든 놈의 어깨가 강하게 휘의 가슴을 두드리고.

텅!

가벼운 충격과 함께 겨우 주먹 하나 만큼의 거리가 벌어졌지만, 그 순간을 노린 장양운의 주먹이 그 어느 때보다 매섭게 휘의 심장을 노리고 날아든다.

완벽한 기회를 잡았다 생각한 장양운의 얼굴에 미소가 깃들고, 그의 주먹이 휘의 심장을 꿰뚫었다 판단한 그 순간.

터억.

기묘한 소리와 함께 팔목에서 느껴지는 강한 압박.

그리고.

세상이 돌았다.

우드득!

덜썩!

놈의 손목을 잡은 휘는 가차 없이 놈의 팔을 비틀어 부러트리곤, 놈의 발목을 툭하고 쳐선 허공에서 회전시켜 땅에 처박아 버린 것이다.

단 하나의 불필요한 동작도 없이.

물 흐르듯 자연스럽게 장양운을 넘겨버린 휘는 멍하니 누워 자신을 바라보는 놈을 향해 웃었다.

"좋다 말았지?"

그 비웃음 섞인 말에.

그제야 장양운은 깨달았다.

이제까지 놈의 손바닥 위에서 놀아났음을.

자신의 실력으론 놈을 결코 이길 수 없음을.

그것을 깨닫는 순간 정신을 잃어버릴 정도로 강렬한 분노가 밀려들었고.

"크아아아!"

괴성과 함께 일어서려 했지만, 휘가 먼저 움직인다.

떠더덩!

가볍게 움직인 그의 주먹질에 좌우로 쉴 틈 없이 돌아가는 얼굴.

삼시간에 부어오르는 얼굴과 입술을 따라 흐르는 붉은 피.

"네가 뭔 생각으로 세상을 살아왔는지 내가 알바 아냐. 하지만 하나 확실한 건."

말을 끊은 휘의 눈이 세상 무엇보다 차갑게 빛난다.

"너 같은 새끼는 살아서 좋을 거 없단 거지."

말과 함께 휘의 주먹이 무심하게 놈의 심장을 노리고 떨어져 내린다.

단숨에 심장을 박살내버리려는 것이다.

헌데, 그 순간이었다.

쐐애애액!

허공을 찢을 듯 강렬한 소리와 함께 휘를 노리고 날아드는 단검 한 자루!

갑작스런 공격에 휘의 얼굴이 일그러지며, 장양운을 향했던 주먹을 거둬들이며 단검을 쳐낸다.

쩡!

"큭!"

믿을 수 없지만 휘의 입에서 신음이 흐르고 장양운을 잡았던 손을 놓치며 뒤로 몇 발자국 물러선다.

덜덜.

단검을 쳐낸 손이 쉴 새 없이 떨린다.

단 일수에 실린 힘이 휘가 생각했던 것의 몇 배는 더 담겨있던 탓.

재빨리 고개를 들자.

어느 새 장양운을 어깨에 둘러 맨 사내가 보인다.

"너…!"

"거기까지다."

콰콰콱!

휘가 움직이려는 순간 차가운 말과 함께 놈의 검이 벼락같이 뽑혀 휘둘러졌고.

휘의 발 앞으로 거대한 선을 그으며 움직임을 멈춘다.

그 짧은 순간.

놈은 몸을 날려 빠르게 사라졌다.

미처 휘가 잡을 수 없을 정도로 빠르게.

그때였다.

"어딜 감히!"

끼이익!

피핑!

화령의 뾰족한 말투와 함께 그녀의 거대한 활이 울부짖으며 화살을 쏘아 보낸다!

허공을 가르며 빠르게 날아간 화살은.

콰직.

사내의 손짓 한 방에 박살이 났고, 오히려 그 힘을 이용해 놈은 한 층 더 빠르게 달아났다.

그 움직임이 얼마나 빠른지 휘로서도 쫓을 엄두가 나지 않았다.

"대체… 누구지?"

기억에 없는 인물의 등장이었다.

❖

"놔! 이것 놓지 못하겠느냐! 내가 누군지 알고!"

"이놈들! 가만 두지 않겠다!"

포박된 채 무릎 꿇려진 십여 명의 사람들.

하나 같이 목소리를 높이며 떠들어대는 놈들을 보는 사람들의 눈이 경멸스럽다.

대연무장의 한 가운데 놓인 그들.

방금 전까지 있었던 치열한 싸움의 흔적이 그대로인 이곳.

곳곳의 담벼락이 무너지고, 어디 한 곳 피가 묻지 않은 곳이 없는 연무장의 돌들.

심지어 연무장 뒤편의 전각들 중엔 무너지거나 불타올라 소실된 곳도 적지 않았다.

이번 기습으로 인해 죽은 세가의 무인들도 적지 않다.

그런 상황이 눈에 보이지 않는 것인지 자신들의 권위만 내세우며 떠들어대는 그들의 모습이 결코 좋게 비칠 리 없다.

주변 상황에 눈에 들어오지 않는 것인지 연신 떠들어대던 그들의 입이 닫힌다.

눈앞에 결코 벌어져서는 안 될 일이 벌어졌기 때문이다.

"크흑!"

비틀비틀.

신음과 함께 비틀거리는 걸음으로 포박된 채 연무장 중앙으로 옮겨지는 한 사람.

비검 모용택.

모용세가주인 그가 포박된 채 끌려오고 있었다.

모용강원 장로와 그를 따르는 장로들에게 말이다.

덜썩!

강제로 장로들 곁에 무릎 꿇려진 모용택의 분노한 시선이 어느 새 자신들의 앞에 선 모용강원을 향한다.

"네놈들! 감히 모용세가의 가주인 나를 이렇게 만들어 놓고서도 괜찮을 줄 아느냐! 내가 바로 모용세가주란 말이다!"

버럭 소리를 내지르는 그.

이곳으로 끌려오는 동안 말 한 마디 없이 비척이던 그가 아니었다.

같이 묶이긴 했지만 자신을 따르는 장로들을 보고 어느 새 기가 산 것이다.

그런 가주의 뒤를 따른 장로들이 일제히 떠들어 대기 시작하니 아주 시끄러운 것이 시장을 방불케 한다.

"조용!"

쿵!

한참을 듣고 있던 모용강원이 가볍게 발을 굴리며 외친다.

내공을 실은 목소리가 묵직하게 모두의 귀를 파고든다.

"이번 흑살문과의 마찰로 인해 본가가 잃은 전력은 5할에 이르고, 입은 피해는 그 상상을 초월하는바! 이렇게 많은 피해를 입히고서도 그대들이 할 말이 있다는 것인가? 여기 가족을 잃은 세가의 식구들을 보며 이야기 해보라!"

쩌렁쩌렁!

폐부를 파고드는 모용강원의 외침에 가주와 장로들의 얼굴이 벌개진다.

그에 반해 이것을 지켜보고 있던 세가의 식솔들은 눈시울이 붉어진다. 그러면서도 조용히. 아주 조용히 이 장면을 지켜보았다.

모용강원은 이미 그런 세가 식솔들의 기운을 느끼고 있었다.

눈앞에 무릎 꿇은 자들에 대한 충성심은 모두에게서 사라졌다. 만약 오늘의 일을 덮고 그냥 넘어간다면 모용세가는 두 번 다시 일어서지 못할 것이다.

그런 일이 벌어지지 않기 위해서라도 오늘 이 치욕을 씻어내야 했다.

같은 식구의 피를 손에 묻히는 한이 있더라도.

이에 대해선 이미 자신을 따르는 장로들 그리고 모용혜와 의논을 마친 상황이었다.

세가의 일을 마무리하는데 가장 큰 도움을 준 장양휘에게도 도움을 청했지만, 세가의 일은 세가에서 해결해야 한다는 말과 함께 이곳에 모습을 드러내지도 않았다.

'많은 것을 뜻하는 말이지. 세가의 일은 세가에서 해결해야 한다. 그 해결을 통해 앞으로도 당당히 설 수 있는 세가를 만들어야 한다.'

"내가! 아니, 우리가 무슨 잘못이 있단 말이냐! 이곳을 공격한 것은 우리가 아닌 놈들이지 않느냐! 게다가 모용강원! 네놈에게 무슨 권한이 있어 이러는 것이냐! 가문의 장로들 대부분이 이곳에 있고, 가주님까지 이런 치욕을 당하게 만들다니 대체 무슨 속셈이냐!"

버럭 소리를 지르고 나선 것은 모용혁이었다.

가장 먼저 잡힌 주제에 놈은 모르는 척 그 입을 놀리고 있었다.

하지만 모용강원은 이미 놈이 이렇게 나올 것이란 것을 예측하고 있었고, 이에 대해서도 가문의 법규를 하나하나 찾아보며 대응을 마친 상태였다.

"하나! 세가의 위기에서 장로들은 선두에 서서 싸워야 한다!"

모용강원이 먼저 외치자 뒤를 이어 곁에선 장로들이 복창한다.

"하나! 세가의 위기에 도망치는 자는 장로로 인정하지 않는다!"

"하나! 세가의 위기에 도망치는 자는 가주로 인정하지 않는다!"

"하나! 가주가 바른 길로 가지 않을 시! 장로들의 다수결에 의해 가주를 폐할 수 있다!"

모용강원의 외침이 나올 때마다 장로들의 얼굴이 파래지고, 마지막엔 가주의 얼굴이 시커멓게 죽는다.

"너희들은 이 모든 세가의 법규를 어겼다. 이의 있나?"

차가운 그의 말에.

누구하나 고개를 들 수 없었다.

아니, 몸을 따끔거리게 만드는 수많은 세가 식솔들의 살기가 그들을 고개 들지 못하게 만들었다.

하지만 곧 모용택을 중심으로 떠들어 대기 시작하지만, 그 대부분은 아니. 전부가 변명이었다.

그런 반응에 더욱 싸늘해지는 사람들의 시선.

그 끝에 모용강원이 입을 열었다.

"세가 장로들 전원 만장일치로!"

그 말은 곧 이 자리에 있는 누구도 장로로 인정하지 않는다는 말. 그것은 가주 역시 인정하지 않는다는 선언이다.

"너희들 모두의 지위를 인정하지 않는다! 그것은… 전대 세가주 모용택! 그대 역시 마찬가지다."

"와아아아―!"

우뢰 와 같은 함성이 세가에 울려 퍼진다.

새로운 모용세가의 시작이었다.

暗夜君影 16章

16 章

호북성 의창.

장강을 쭉 거슬러 올라가면 만날 수 있는 항구도시로 호
북성 안에서도 규모가 큰 도시였다.

의창에서 말을 타고 하루 정도의 거리.

관도를 벗어나 산 하나를 넘으면 그곳에 요람처럼 자리
한 거대한 저택이 모습을 드러낸다.

오래전 부호가 조용히 살기 위해 지었지만, 결국 완성을
하지 못하고 죽어버린 이후 버려졌던 저택에 마침내 새로
운 주인들이 들어섰다.

"도시에서 멀지 않으면서도 사람들의 이목을 완전히 피
할 수 있는 절묘한 곳에 지어졌지만, 오히려 그것 때문에

수십 년 동안 버려졌어요. 처음 이곳에서 살려했던 부호는 조용한 것을 원해서 지었지만, 다른 사람들은 그렇지 않을 테니까요. 게다가 워낙 규모가 크다보니 어지간한 돈을 들여선 제대로 수리 할 수도 없고요."

모용혜의 설명에 휘는 고개를 끄덕이며 저택의 이곳저곳을 살핀다.

그녀가 합류한 이후 가장 처음 한 일이 바로 거점을 만드는 것이었다.

확실한 거점이 없기에 편안하게 휴식을 취할 장소가 없었다. 휘 역시 그 점을 알고 있었지만, 그동안 기회가 나지 않았는데 모용혜가 나서서 좋은 장소를 찾아낸 것이다.

사람의 흔적이 오랜 시간 닿지 않은 탓에 수풀이 우거지고, 담벼락 곳곳이 무너졌다.

건물 지붕이나 벽 역시 멀쩡한 것이 많지는 않았지만, 애초에 튼튼한 건물을 지으려했던 것인지 기둥은 굵직하고 좋은 재질들이라 아주 튼튼했다.

이 정도라면 충분히 수리하여 쓸 수 있을 것이다.

"좋아. 수고했어."

"그럼 이제 제가 해야 할 일을 알 수 있을까요? 이미 알고 있다고 생각되지만, 제가 할 수 있는 일은 그리 많지 않아요."

"그런 것치곤 제법 자신만만한데?"

웃고 있는 모용혜를 보며 휘 역시 마주 웃는다.

비록 세가가 시끄러워졌지만 결과만 놓고 보자면, 앞으로는 위해 더 나은 선택이 되었다.

그리고 자신은 당당히 세상으로 나왔다.

비록 자신의 의지가 아닌 휘에게 팔려온 격이긴 하지만 오래전부터 밖으로 나오고 싶었던 그녀의 의지를 생각하면 이것만으로도 감지덕지였다.

그러니 자연스레 얼굴이 좋을 수밖에.

"할 수 있는 일은 할 수 있는 사람이 해야 하니까요. 그리고… 이곳에선 충분히 제가 해야 할 일이 많을 것 같은데요. 아닌가요?"

"맞아. 앞으로 네가 해줘야 하는 일이 많아."

당찬 그녀의 말에 웃으며 휘는 천천히 일월신교에 대한 것에서부터 그동안 자신이 이어온 인연들까지 모든 것에 대해 설명했다.

물론 자신이 환생했다는 것과 몇몇 가지는 숨겼지만 그것만으로도 그녀가 앞으로 계획을 짜는 덴 충분할 터다.

"대막의 천탑상회를 등에 업었으니 자금줄은 어디와도 비교 할 수 없을 만큼 튼튼하고. 아직 완성되진 않았지만 천마신교와 손을 잡았으니 전력에서도 부족하진 않네요. 특히 그날 본 휘님의 수하분들… 인가요? 그분들의 실력은 놀랄 지경이었으니까요."

"암영. 그들의 이름이지. 그리고 난 암군이고."

"암영과 암군."

몇 번이고 되새기는 그녀.

그러더니 곧 바른 시선으로 휘를 보며 물었다.

"휘님의 목표는 뭔가요? 단순히 일월신교를 막아서는 것? 아니면 자신만의 문파를 만드는 것? 무엇인가요?"

그녀의 물음에 휘는 쉽게 대답 할 수 없었다.

아니.

생각조차 해보지 않았다.

처음부터 그가 바라보고 달려온 것은.

일월신교의 몰락과 복수였으니까.

그 이후의 것에 대해선 단 한 번도 생각을 해본 적이 없는 휘였기에, 그녀의 물음에 대답 할 수 없었다.

"당장은 괜찮겠지만, 생각해보셔야 할 거예요. 진정한 목표가 없는 삶은 허무할 뿐이니까요."

많은 것을 포함한 그녀의 말에 휘는 고개를 들어 밤하늘을 바라본다. 검고 검은 밤하늘을.

❖

운남(雲南).

중원 최남단에 위치한 이곳은 관의 손길이 미치지 못하는 곳이 무수히 많았다.

그럴 수밖에 없는 것이 어마어마한 밀림이 운남의 절반을 차지하고 있고, 워낙 지형이 험해 사람의 발길이 거의 닫질 않는 곳이 대다수였다.

그곳에서 살아가는 부족들이 적지 않지만 그들을 다스리고자 군을 내보낼 순 없다.

게다가 기후가 변화무쌍한 곳이다 보니 황제의 관심도 거의 없는 곳이다 보니, 사실상 중앙에서도 이곳에 큰 기대는 하지 않았다.

그렇다 보니 운남에서 만큼은 관도 운남무림의 눈치를 볼 정도로 무림문파의 영향력이 대단한 곳이었다.

특히 운남의 지배자라 불리는 두 세력.

대리단가와 야수문의 영향력은 이루 말 할 수 없을 정도였으며, 운남의 패권을 쥐고 두 세력의 다툼은 기백 년을 이어 갈 정도로 치열했다.

누구하나 앞서 나갈 수 없을 정도로 둘의 세력이 팽팽한 것이다.

그런 상황에 변화가 온 것은 몇 년 전부터였다.

미세하지만 야수문이 조금씩 앞서 나가기 시작한 것이다.

당장 그것이 표면적으로 드러나진 않았지만, 그 사실을 양측 수뇌들은 아주 잘 알고 있었다.

그렇기에 야수문은 호시탐탐 대리단가를 노렸고, 대리단가는 어떻게든 이 상황을 만회하기 위해 고생하고 있었다.

대리단가주 칠성검(七星劍) 단문형은 대리단가 역사상 가장 젊은 가주로 올해 겨우 스물다섯이었다.

심지어 그가 가주의 자리에 오른 것이 스물 둘이었다.

단가 역사상 최고의 재능과 머리를 지닌 천재로 어린 시절부터 주목을 받아왔고, 그 기대대로 성장했다.

불의의 사고로 전대 가주가 죽고 난 뒤 만장일치로 그가 가주가 되었던 것도, 실력과 인품 그리고 뛰어난 두뇌를 모두가 인정했기 때문이다.

기대대로 그는 대리단가를 아주 성공적으로 이끌고 있었지만, 근래 야수문에 밀리며 잠 못 드는 밤을 보내고 있었다.

"분명 뭔가가 있어. 그렇지 않고선 그들이 우리를 앞지를 수 있을 리 없어."

자신의 방에 홀로 앉아, 촛불을 벗 삼아 술잔을 기울이는 그.

호쾌한 외모와 우람한 골격은 보는 것만으로 압도하는 힘이 느껴진다.

"대체 뭘 까? 당장 밖으로 드러나는 것은 없는 것 같지만, 우리가 놓치는 것이 있는 것일까?"

술을 들이키며 연신 중얼거리는 그.

이것은 하나의 버릇이었다.

생각에 집중 할 때면 혼자 중얼거리는 버릇.

그가 본 야수문은 강력한 힘을 자랑하지만 더 이상 발전하기 어려운 문파였다.

운남의 지역 특성에 맞게 밀림에서 최강의 능력을 자랑하는 자들이지만, 내가무공을 익히지 않고 주로 외가무공.

즉, 외공을 익히는 자들이었다.

그들의 약점은 뚜렷하지만 이제까지 압도하지 못했던 것은 외공이라해서 무시 할 수 없을 정도로 그들의 능력이 뛰어났기 때문이다.

그래도 단형문은 자신이 있었다.

당장은 엇비슷하지만 시간이 흐르면 자신들이 반드시 이길 수 있을 것이라 말이다.

외공은 그 진정한 능력을 발휘하기 위해선 오랜 시간이 걸리고 그것은 야수문의 아주 큰 약점이었다.

그에 반해 대리단가가 보유한 고수의 숫자는 시간이 지날수록 늘어날 것이고.

이것저것들을 종합했을 때 당장은 현상을 유지하고, 훗날을 기약하기로 이미 세가의 수뇌들과 이야기를 나누었는데.

"일이 이렇게 될 줄이야."

입이 쓰다.

자신이 계획을 세우고 움직인 뒤, 처음으로 상정 외의 일이 벌어졌다.

그것을 만회하기 위해 백방으로 뛰어다녔지만 일을 뒤집을 순 없었다. 하다못해 균형을 맞추는 것조차도.

달칵.

조르륵.

"방법을 찾아야 해. 방법을."

세가를 책임지고 있다는 중압감이 어깨를 짓누르지만 단형문은 묵묵히 그것을 이겨냈다.

이 모든 것이 자신이 이겨내야 할 것으로 받아들였다.

그 끝에 대리단가의 비상을 꿈꾸며.

그렇게 쓸쓸한 밤을 그가 보내는 사이, 야수문의 상황은 전혀 달랐다.

"와하하핫!"

"여기, 술 더 가져와!"

야수문 곳곳에서 술판이 벌어지고, 밀림에서 잡아온 동물들이 구워지는 냄새가 사방에 퍼진다.

잔치가 벌어지는 그곳의 중심에 누구보다 큰 덩치와 온몸 가득 상처를 입은 대머리 사내.

야수문주 호패권 진각이 있었다.

"크하하핫! 오늘은 실컷 놀고 마셔라! 문주인 내가 허락한다!"

"우오오오!"

함성을 드높이는 수하들.

야수문 전체가 시끌벅적해지고 밤이 깊었음에도 곳곳을 밝히는 횃불과 모닥불들 때문에 대낮처럼 밝다.

"못 생긴 게 목청만 크네요."

화령의 적절한 말에 휘는 대답은 하지 않았지만, 미세하게 고개를 끄덕임으로서 그녀의 말에 동조했다.

야수문에서 제법 먼 곳의 산 정상.

그곳에 휘와 화령이 있었다.

보통 사람이었다면 야수문이 유난히 밝다는 정도로만 확인할 수 있을 거리지만, 두 사람에겐 이 정도 거리는 바로 옆에서 보고 듣는 것과 크게 다를 것이 없었다.

"저래도 실력은 화령 네게 크게 떨어지지 않을 거다."

"헤… 그거, 재미있겠네요."

할짝.

휘의 말에 입술을 축이는 그녀의 눈이 유난히 빛난다.

무림에 나온 이후 휘가 이렇게까지 말을 한 것은 처음 있는 일이지만, 그 전에 화령 스스로가 그동안 자신을 막아설만한 상대가 없음을 느끼고 있었다.

하다못해 암영을 넘어서는 실력을 가진 자는 손에 꼽을 정도였으니 어딘지 모를 아쉬움을 느낄 정도다.

그런 찰나에 자신과 맞먹는 실력을 지닌 상대의 등장은 가뭄의 단비와 크게 다르지 않았다.

물론 휘의 허락이 떨어져야 하겠지만.

"녀석의 상대는 네게 맡기지."

"실망시켜 드리지 않겠어요."

눈이 반달을 그리며 웃는 그녀의 얼굴이 아름답지만 익숙한 휘는 조용히 놈들 사이를 훑었다.

'야수문. 일월신교 놈들이 운남을 노리고 은밀히 지원을 시작하고 눈 깜짝할 사이 운남의 패자로 일어섰던 놈들이지. 당시 대리단가는 일월신교의 움직임을 마지막에 가서 눈치 챘지만, 결국 당했었지. 당시 단가주는 뛰어난 능력을 가지고 있었지만 결국 당할 수밖에 없었다. 놈을 노리고 나선 한 사람 때문에.'

휘의 머리가 쌩쌩하게 돈다.

사실 운남을 일월신교가 차지를 하든 어떻게 하든 휘로선 큰 관계가 없다.

운남은 딱히 중요한 문파가 없는데다, 자신이 기억하는 한 일월신교쪽에서도 중요 거점의 역할을 하지 않기 때문이다.

그럼에도 불구하고 놈들이 이곳을 손에 넣은 것은 중원 정벌을 위한 실험이었다.

다시 말해 그리 중요한 곳이 아님에도 불구하고 이곳을 휘가 찾은 이유는 단 하나.

대리단가주를 노리는 일월신교의 암살자.

그자를 처리하기 위해서였다.

살왕(殺王)이라 불리는 그자를 말이다.

휘가 기억하는 한 살왕은 일월신교의 약진에 지대한 역할을 했다.

수많은 무림 요인들의 암살을 실행했을 뿐만 아니라, 나중엔 그의 출현 정보를 흘리는 것만으로도 호위를 구성하기 위해 많은 무림인들을 한 자리에 묶어두는 효과를 거두었다.

은밀함에 있어선 그 이름처럼 암영(暗影)들의 능력이 발군이었으나, 살왕은 암영들조차 비교 할 수 없는 수준이었다.

살왕을 처리하는 것을 지금을 가장 적기로 보고 휘는 이 먼 운남까지 달려온 것이다.

'놈의 활약상이 커지기 전에 처리해야해. 시간이 흐를수록 처리하기 어려운 놈이니까.'

적어도 은밀과 침투에 있어선 휘를 능가하는 실력을 가진 자다.

그렇기에 지금이 아니면 안 되었다.

무림에 익숙해지고, 그 실력이 날카롭게 다듬어지면 휘로서도 상당히 신경 쓰일 수밖에 없는 상대가 될 터다.

그 전에 싹을 잘라버릴 계획인 것이다.

그렇게 휘가 무심한 눈으로 야수문을 내려다본다.

살왕.

그의 흔적을 눈으로 쫓으며.

발상을 전환하여 야수문 놈들의 약점이 아닌 자신들의 약점을 찾는 것에 며칠을 투자한 끝에 단형문은 마침내 놈들의 꼬리를 붙들 수 있었다.

"이게 보름 전. 이건 열흘. 저건 일주…"

시종을 불러 책상 위에 가득한 서류들을 손에 든 것만 제외하고 전부 치워버린 그는 텅 빈 책상에 서류를 늘어놓는다.

모두 일곱 개.

그리고 거기에 적힌 인적 사항도 일곱.

이들의 공통점은 이미 죽은 자들이라는 것과 대리단가의 핵심세력은 아니지만 하급간부 정도는 되는 자들이었다.

야수문과 큰 관계가 없다고 생각했기에 그동안 크게 조사를 행하지 않았는데, 역으로 생각하고 찾다보니 찾아진 자들.

세가 전체를 생각하면 큰 역할을 하고 있는 자들은 아니다.

그들을 대신해 일 할 수 있는 사람은 수도 없이 많으니.

문제는 그들이 죽은 시점이 공교롭게도 야수문과의 싸움이 벌어지기 며칠 전이거나, 직전이라는 것이다.

야수문과 관련한 싸움이 아닌 평소의 임무를 수행하는 도중에 벌어진 사고로 인해 죽은 자들이다.

"처음엔 우연이라고 생각했지만."

아니었다.

이들의 자리가 빔으로서 작지만 분명 임무 전달이 느려졌고, 그것은 움직임의 둔화를 가져왔다.

큰 그림으로는 문제가 없지만, 작은 부분에선 문제가 되었다.

그것이 쌓이고 쌓여 지금의 문제를 만들어 낸 것이다.

야수문과 직접적인 관련이 있다는 증거는 없지만 단형문은 확신했다.

놈들의 짓이라고.

"이제 알았으니 이것에 대한 대비는 충분히 하면 되겠지만, 문제는 역시 당장 벌어진 차이를 줄일 수 없다는 것. 당장은 문제가 안 되겠지만 결국 문제가 될 텐데… 어쩐다?"

가문을 이끄는 수장으로서 단형문은 당장의 모습을 그리는 것이 아닌, 미래의 큰 그림을 그리고 있었다.

그렇기에 벌써부터 먼 훗날의 대비를 하려는 것이다.

"게다가 놈들이 본래 이런 자잘한 일을 꾸밀 성격은 되지 않는다는 것인데."

턱을 쓰다듬는 단형문.

어느 새 문을 두드리고 들어온 시종이 그가 평소 즐기던 술을 내려놓고 나간다.

조르륵-.

"다른 자가 있는 것인가?"

꿀꺽.

단숨에 술을 비워낸다.

속에서부터 뜻뜻한 기운이 올라와 금세 온 몸에 퍼져나간다. 그 익숙한 느낌에 골치 아픈 생각까지 사라지는 것 같다.

야수문은 그 이름처럼 막대한 힘으로 밀어 붙이는 것이 특기이지 지금처럼 머리를 쓰는 것에는 약한 문파였다.

그런 자들이 머리를 쓰기 시작했다는 것은 대리단가에 결코 좋은 소식은 아니었다.

게다가 정체를 알 수 없는 자들이 놈들의 뒤에 서 있다는 것 역시 좋은 일은 아니었다.

"운남에서 놈들에게 조언을 할 수 있을 정도의 문파가 있던가?"

곰곰이 생각해보지만 떠오르지 않는다.

하긴 진즉 그럴 것이었다면 어쩌면 놈들과의 싸움은 벌써 대리단가의 패배로 막을 내렸을 지도 모른다.

그랬던 놈들이 변했다는 것.

"호패권 그자가 변했을 리 없으니… 다른 변화가 있었다는 것인데. 대체 뭐지? 내가 모르는 뭐가 있지?"

연거푸 술잔을 들이켜 보지만 알 수 없었다.

어쩌면 당연한 일일지도 모른다.

"후… 당장은 어쩔 수 없나…."

그렇게 단형문이 포기하려는 순간.

작은 기척과 함께 그의 앞에 한 사람이 모습을 드러낸다.

"이야기 좀 할 까?"

"누구냐!"

그의 등장과 함께 큰소리를 지른 단형문은 한 치의 주저도 없이 내공을 실은 주먹을 내뻗었다.

텅!

둔탁한 소음과 함께 뒤로 밀려난 것은.

단형문이었다.

"갑자기 찾아온 것은 미안하지만. 이야기를 하러 온 것이니 괜한 소란을 말아줬으면 좋겠군."

말을 하며 기세를 일으키는 사내.

순식간에 방을 가득 채우는 강렬한 기운과 몸을 짓누르는 압박에 단형문의 얼굴이 구겨진다.

"감히!"

"일단 앉지."

콰직!

말과 함께 상상을 초월하는 압박이 단형문을 조였고, 어떻게든 버텨 보려 했지만 결국 자리에 주저앉아야 했다.

끼이익, 끽.

당장이라도 부서질 것 같은 의자.

'이, 이게 대체!'

말하진 않지만 경악한 표정이 그대로 드러나는 그를 보며 사내, 휘는 조용히 한쪽에 있던 의자를 가져와 마주 앉았다.

"미안하게 됐군. 하지만 이러지 않고선 조용히 이야길 나눌 수 없을 것 같아서 말이야. 아, 미리 말해두지만 쓸데없는 짓은 안하는 게 좋을 거야."

후욱.

말이 끝나기 무섭게 몸을 압박하던 기운이 사라진다.

단 한 순간에.

질릴 정도로 완벽한 내공의 수발에 단형문은 허탈한 미소와 함께 등받이에 몸을 기댄다.

반항하기를 포기한 것이다.

자신이 감당할 수준이 아니라는 것이 가장 큰 이유였지만, 왠지 모르게 자신을 헤칠 것이란 생각이 들지 않았던 것이다.

죽이려 들었다면 벌써 자신의 목은 바닥에 떨어졌을 것이다.

그렇게 생각하고 휘를 바라보자 그제야 그 모습이 제대로 눈에 들어왔다.

'젊군. 나와 비슷한 정도? 멀었군, 나도. 제법 실력엔 자신이 있다고 생각했는데. 하늘 위에 또 다른 하늘이 있다는 이야기가 뭔지 알겠군.'

머릿속이 복잡해져 갈 때쯤 휘가 먼저 입을 열었다.

"야수문과의 일로 왔다. 그쪽도 놈들 때문에 골치가 아플 테지? 단도직입적으로 이야기하지. 내가 목을 취해야 할 놈이 거기에 있고, 그 과정에서 야수문과의 충돌은 어쩔 수 없는 일. 그쪽이 좀 도왔으면 하는데 말이야. 모든 게 끝난 이후 놈들의 영역을 흡수든 뭐든, 대리단가에 다 맡기지. 내가 원하는 건 놈의 목뿐이니까."

"그 말을 지금 믿으라는 건가?"

"당연히 못 믿겠지. 하지만 어쩌겠어. 네가 지금 선택 할 수 있는 일은 거의 없을 테니까."

휘의 당당한 말에 얼굴을 구긴 단형문.

하지만 그 말처럼 단형문이 선택 할 수 있는 사항은 정말 몇 없었다.

게다가 당장은 호의적으로 나오며 이야기하고 있지만, 그의 제의를 거절하는 순간 어떻게 나올지 알 수 없었다.

결국 좋든 싫든 단형문이 선택 할 수 있는 것은 단 하나뿐.

"선택지가 없군."

"그러라고 만든 자리니까. 하지만 약속하지. 대리단가에 결코 나쁜 일은 아닐 거다."

❖

살왕(殺王).

이름이자 별호인 그것은 지옥과도 같은 훈련을 거친 마지막 한 사람에게 주어진 것.

수천에 이르는 자들이 어릴 때부터 살왕이란 이름을 얻기 위해 도전했지만, 오직 단 한 사람만이 그것을 손에 쥘 수 있었다.

그렇게 만들어진 살왕이 일월신교를 나와 받은 첫 임무가 대리단가와 야수문의 일이었다.

사실 그가 나서기엔 민망할 정도로 작은 일이었지만 감각을 가다듬고 조금이라도 중원 무림에 익숙해진다는 명목 아래 밖으로 나온 것이었다.

'심심하군.'

솔직한 심정이었다.

잔뜩 기대하고 중원으로 왔지만 지금까지 그가 처리한 이들은 제 실력을 보이기도 아까울 정도였다.

몸을 푸는 수준도 되지 않았던 것.

게다가 딱히 그가 나서서 움직일 필요도 없었다.

자신을 보좌하기 위해 따라 나온 일월신교의 무인들이 야수문을 철저하게 관리하며 그가 나서는 일을 최소한으로 만들어 주고 있었다.

그들 나름대로 상급자인 그를 배려한 일이지만, 정작 살왕으로선 더 무료해지는 결과를 가져왔다.

온 몸을 검은 천으로 둘둘 말아 놓은 것 같은 옷을 걸치고, 두 눈만 내놓은 그.

얼핏 암영들과 비슷해 보인다.

똑똑.

그때 문을 두드리며 중년 사내가 안으로 들어와 그의 앞에 무릎 꿇었다.

"살왕께 인사드립니다."

"무슨 일?"

짧은 반문에 익숙한 듯 재빨리 대답하는 중년인.

"모든 준비가 끝났습니다. 오늘 밤. 대리단가는 역사의 막을 내리게 될 것입니다."

"빠르군."

"살왕께서 대리단가주를 맡아주신다면 뒷일은 저희들이 처리하겠습니다."

"단가주라… 이제야 좀 재미있겠군."

살왕의 얼굴에서 무료함이 사라진다.

"쳐라! 오늘 단가 놈들의 씨를 말린다!"

"우오오오!"

거대한 함성과 함께 달려드는 야수문 무인들을 보며 대리단가 무인들의 얼굴이 굳는다.

어둠이 깔린 지 얼마 되지 않아 급작스럽게 시작된 놈들의 도발.

평소와 다르다고 생각은 했지만 설마 바로 공격에 나설 줄은 몰랐다.

덕분에 대리단가는 완전한 준비를 마치지 못한 채 놈들을 맞아야 했지만, 그나마 다행이라면 싸움의 무대가 바로 단가라는 것이었다.

"서둘러 기관과 진법을 발동시켜라! 정문 따윈 놈들에게 내줘도 상관없으니 당장 물러서라!"

가주 단형문의 외침이 빠르게 퍼져나가고, 명령을 받은 무인들이 정문을 비우며 뒤로 물러섰다.

보통의 문파라면 정문을 문파의 얼굴로 여기며 결코 그곳에서 밀리지 않기 위해 힘을 썼겠지만, 그는 달랐다.

'어차피 대응이 늦은 상황에서 괜한 피해를 입을 필요는 없지. 차라리 준비가 잘 되어 있는 내부로 끌어들여 놈들을 상대하는 것이 더 낫다.'

그의 생각대로 방어선을 뒤로 물리며 지켜야 하는 면적이 줄어들자 세가 무인들의 준비가 더 빠르게 이루어지기 시작했다.

동시 진법과 기관이 운용되기 시작했다.

"담을 넘어라! 놈들의 씨를 말려라!"

"우오오!"

괴성을 내지르며 담을 넘는 야수문의 무인.

그 순간.

철컥! 콰콰콱!

둔탁한 소리와 함께 땅이 솟구친다 싶더니 담벼락 위를 향해 강철화살 수십 발이 날아간다.

피하지도, 막지도 못한 채 순식간에 꼬치가 되어 피를 흘리며 쓰러지는 야수문도들!

곳곳에서 펼쳐지는 기관의 향연에 질릴만도 하건만 야수문 무인들이 목숨이 아깝지도 않은지 꾸역꾸역 담을 넘어왔는데, 그들의 눈이 살짝 풀린 것이 평소와 달라보였다.

콰르릉!

굉음과 함께 담벼락이 무너지고, 정문의 기둥이 부서져 나간다. 무식할 정도로 힘으로 치고 들어오는 것이다.

기관이 잘 준비되어 있다곤 하지만 한정적인 자원으로 이루어진 것.

그렇다 보니 기관이 정지되는 순간 더 많은 이들이 대리단가의 내부로 들어섰고, 더 안으로 파고 들기 위해 발을 옮기는 순간.

눈 앞의 광경이 바뀌었다.

방금 전까지 대리단가의 모습이었지만, 지금 그들의 눈 앞에 나타난 것은 거대한 절벽.

그것도 절벽의 끝.

"우아아악!"

"사, 살려줘!"

"이히, 이히힛! 난다! 날아!"

갑작스레 아무것도 없는 땅에서 허우적거리며 비명을 질러대는 수하들을 보며 호패권 진각인 웃었다.

"클클, 진법이로군. 기관 다음으로 진법이라. 야! 얼마나 죽었어?"

옆에 있는 수하에게 묻자 진즉에 알아봤다는 듯 즉시 대답이 나온다.

"백 정도 입니다. 진법에 갇힌 놈들은 세지 않았습니다."

"그 짧은 순간에 많이도 죽었네. 이놈들아! 주변에 있는 돌, 나무, 담벼락 전부 박살내버려라! 이딴 진법! 힘으로 해결 하지 못 할 이유가 없다!"

"우오오오!"

문주의 외침에 일제히 함성을 내지르며 미친 듯 주변의 모든 것을 파괴해나간다.

그것이 지상 최대의 명령이라도 되는 듯.

평소와 다른 수하들의 모습이지만 호패권은 개의치 않았다. 당연한 일이었다.

수하들을 그렇게 만든 장본인이 바로 그였으니까.

전날 잔뜩 풀어낸 술과 음식에 약간의 약을 탄 것이다.

"상황이 나쁘지 않군."

"오셨습니까."

그때 호패권의 옆으로 중년인이 선다.

전날 살왕에게 무릎 꿇었던 자다.

그의 등장에 호패권은 다른 사람에게 보이지 않을 정도로 고개를 살짝 숙였다 든다.

누구에게도 고개 숙이지 않고, 광오한 성격을 자랑하던 그의 모습을 아는 자들이라면 크게 놀랐을 터다.

"약이 효과를 보는군."

"예. 죽음을 두려워하지 않고 달려드니, 단가 놈들도 제법 당황한 모양입니다."

"계속해. 곧 단가주의 목이 떨어질 것이니."

"옛!"

얼굴에 화색을 띠면서도 그 눈엔 공포심이 서린다.

아직 어리지만 자신과 비등한 실력을 지닌 단가주인데, 아무렇지 않게 목이 떨어진다 말하는 그의.

아니, 정확하겐 그의 뒤에 있는 자의 실력이 두려웠다.

'제길! 이게 좋은 건지, 나쁜 건지 알 수가 없네. 빌어먹을!'

어느 날 밤 깊은 시간 조용히 찾아와, 이제 것 경험해보지 못한 공포를 경험하게 한 자들.

그렇기에 저들의 명령을 따랐다.

적어도 자신이 쓸모가 있는 동안은 어떻게 하지 않을 테니까.

"서둘러라!"

꽉 막힌 마음을 풀어 내기라도 하듯 그가 수하들에게 소리를 내지른다.

"가주님, 상황이 좋지 않습니다. 놈들이 미치기라도 한 것인지 죽음을 두려워하지 않고 달려듭니다."

"나도 보고 있습니다."

으득.

이를 악물며 전방을 주시하는 단문형.

곁에 선 장로들이 걱정스런 얼굴로 상황을 살피지만, 결코 좋지는 않았다.

이미 기관은 멈추었고, 진법 역시 놈들이 무작위로 사방의 모든 것을 부수는 통에 오래 버틸 것 같진 않았다.

다행이라면 이제 충분한 준비를 마쳤다는 것이지만.

"아무래도 제 정신이 아닌 모양이로군요. 그렇지 않고서야 저렇게 움직일 수 없겠지요."

"으음…!"

"이대로라면 제대로 붙는다 하더라도 큰 피해를 감수해야 할 겁니다. 적들의 수가 줄어들었지만 목숨을 도외시하는 저 움직임은 큰 위협이니까요."

가주의 말에 장로들은 조용히 해결책을 기다렸다.

가주이면서도 장로들에게 하대하지 않는 단문형이지만, 이 자리에 있는 누구도 그를 무시하지 않는다.

아니, 오히려 지금의 위기를 타파할 수 있을 것이라 믿었다.

지난 세월동안 그는 충분히 그런 능력을 보여주었다.

사람들의 믿음을 어깨에 짊어진 단문형은 머리가 터질 정
도로 많은 생각을 해보지만, 어디 하나 풀리는 것이 없었다.

'놈들의 수가 줄었으니 충분히 해볼 만은 하다. 하지만
우리 역시 많은 피해를 입게 될 것인데… 그리 되면 상처뿐
인 승리가 되겠지. 운남은 우리만 존재하는 것이 아니니.'

그랬다.

야수문을 제압하더라도 극심한 피해를 입을 것이 분명했
고, 운남의 다른 문파들이 바보가 아니고서야 그 기회를 놓
치지 않을 것이다.

대리단가와 야수문에 억눌려온 만큼 활개를 치려 할 것
이다.

그리고 야수문의 뒤에 있는 자들 역시 문제다.

개인인지 단체인지 알 수 없지만, 놈들 역시 가만있지는
않을 터다.

'복잡하군.'

지끈지끈.

머리가 아파오는 그 순간.

-도움을 바라나?

움찔.

급작스레 날아든 전음에 어깨가 움찔거린다.

하지만 곧 목소리의 주인이 어젯밤의 불청객이라는 것을
파악하곤 조용히 주변을 훑었다.

-둘러봐도 소용없다.

단호한 말에 단문형의 눈썹이 일그러졌다가 돌아간다.

'지금으로선 방법이 없다. 최소한의 피해로 놈들을 제압하기 위해선… 쯧!'

조용히 고개를 끄덕이는 단문형.

그와 함께.

츠츠츠.

"헉! 누구냐!"

"가주님!"

"그만!"

갑작스레 단문형의 곁에 모습을 드러내는 불청객의 모습에 깜짝 놀란 장로들이 다급히 움직이려 했지만, 그보다 먼저 단문형이 손을 들었다.

"제 손님입니다."

"가, 가주님?"

"괜찮습니다."

조용히 고개를 끄덕이는 가주를 보며 장로들을 비롯한 무인들이 떨떠름한 얼굴을 하면서도 한 발 물러선다.

갑작스레 나타난 자를 믿을 순 없지만, 가주를 믿기에 물러선다는 얼굴을 보며 휘는 속으로 감탄했다.

'세가의 식솔들을 완벽하게 휘어잡았다. 모용세가의 잡놈과는 비교되는군.'

그러는 사이 그가 휘에게 물었다.

"저들을 막을 수 있겠습니까? 최소한의 피해로 놈들을 몰아내야 합니다. 그래야 운남의 패권을 손에 넣을 수 있고, 당신이 무엇을 바라든 들어 줄 수 있을 겁니다."

"어지간히 사람을 못 믿는 군."

"불청객을 쉽게 믿을 순 없는 법이죠."

"그런 것치곤 말투가 제법 고분고분 해졌군."

휘의 말에 그는 대답 없이 시선을 정면으로 돌린다.

어느새 진법이 무너지고 세가 무인들과 야수문 무인들이 충돌하고 있었다.

"자신의 처지를 파악하지 못할 정도의 머저리는 아니니까요."

"그거 마음에 드는 군."

"그래서 막을 수 있습니까?"

재차 묻는 그에게 휘는 피식 웃으며 허공을 향해 말했다.

"화영. 처리해라."

"존명!"

츠츠츠!

츠츠.

명령이 떨어지기 무섭게 대답이 들려오더니 흑의를 입은 자들이 대리단가 무인들의 뒤편에서 모습을 드러낸다.

갑작스런 그들의 등장에 혼란스러워지려는 찰나.

"지원군이다! 등을 믿고 맡겨라! 그들을 믿지 못하겠다면 나를 믿어라!"

우르릉!

내공이 잔뜩 실린 단문형의 외침이 울려 퍼지자, 당연하다는 듯 암영들을 무시하며 앞을 바라보는 무인들.

카캉! 깡!

각종 무기들이 부딪치며 울려 퍼지는 금속음과 사람들의 비명소리와 기합소리.

귀를 따갑게 만드는 각종 소리들이 얽혀든 전장.

그 속으로 암영들이 뛰어들었다.

"으아악!"

"컥!"

푸화확!

단발마와 함께 이곳저곳에서 튀어 오르는 피!

갑작스런 그들의 등장에 당황할 법도 하건만 야수문 무인들은 우직하게 달려든다.

"우오오오!"

괴성을 내지르며.

한편 화영은 조용히 자신의 활시위를 당겼다.

끼끽!

한계까지 당긴 시위의 끝이 향한 곳은.

암영들의 등장에 당황하여 고래고래 소리 지르는 호패권이었다.

핑.

쐐애액!

허공을 찢으며 날아간 화살을 순식간에 호패권의 얼굴을 노렸고, 갑작스런 상황에 재빨리 고개를 돌려 화살을 피해 낸다.

푸확!

하지만 뒤편에 서 있던 그의 부하는 화살을 피하지 못했고, 단숨에 머리가 사라져 버렸다.

그 강력한 위력에 호패권의 시선이 절로 화령을 향하고.

"계집 년 대체 뭐냐!"

"난 말 많은 남자는 싫더라."

포악한 기운을 내뿜는 호패권.

암영들의 갑작스런 등장에 당황하긴 했지만, 이미 시작한 싸움 그의 선택지는 하나 뿐.

의외의 상황이 벌어지긴 했지만 자신의 뒤를 받치는 자들의 실력 또한 고강하기 짝이 없다.

"반반하게 생긴 얼굴을 박살내 주마, 계집!"

"그럼 난 네 알을 박살내 줄께."

웃으며 놈의 말을 반박한 화령이 활을 둘러매며 달려들었다.

어느 새 그녀의 손에 두 자루의 단검이 쥐어지고.

호패권 역시 마주 달렸다.

"엉망이군."

가장 뒤편에 서서 상황을 지켜보던 살왕이 한발 앞으로 걸으며 말하자, 어느 새 호패권의 곁을 지키고 있던 중년인이 그의 곁에 서며 고개 숙였다.

"죄송합니다. 저희가 파악하지 못한 자들이 등장하는 바람에."

"됐어. 전부 달려들어. 나도 갈 테니까."

"존명."

파앗!

대답과 함께 몸을 날리는 중년인.

그에 맞추어 수십에 이르는 일월신교 무인들이 모습을 드러내며 암영들을 향해 달려들었다.

그것을 확인한 살왕이 몸을 움직이려다 말고 선다.

"넌 누구지?"

스윽.

뒤를 돌아보며 묻는 그.

그곳에 휘가 서 있었다.

"말이 필요할까?"

휘의 말에 살왕은 표정의 변화 하나 없이 고개를 끄덕인다.

스륵.

동시 신기루처럼 사라지는 그.

쩡!

숨을 두 번 내쉬는 그 짧은 사이 휘의 그림자에서 솟아오르며 검을 휘두르는 살왕의 공격을 막아낸 휘가 천천히 움직였다.

한 순간도 멈추지 않으며 보법을 신중하게 밟아간다.

자신의 공격이 막혔지만 살왕은 개의치 않는다는 듯 다시 몸을 숨기고.

'쉽지 않군.'

기척이 걸려들지 않는 모습에 휘는 속으로 혀를 찼다.

그리고 생각했다.

자신의 판단이 정확했다고.

지금 이 자리에서 놈을 해치우지 못하면 두고두고 문제가 될 것이라고 말이다.

놈이 공격에 나서는 그 짧은 순간 드러나는 기척에 아직은 반응 할 수 있지만, 시간이 흐를수록 그것도 어려워질 것이 분명했다.

"흡!"

짧게 숨을 들이쉰 휘가 앞으로 강하게 발을 내딛었다.

순간 휘가 서 있던 자리를 스쳐 지나가는 검!

짧지만 정확히 심장을 노리고 날아든 검을 피해낸 휘는 이번엔 놓치지 않겠다는 듯 놈을 향해 달려들었다.

"허, 허허."

"이걸… 대체 어떻게 생각해야 하는 것인지?"

단가의 장로들이 허탈한 웃음을 지으며 전장을 바라본다.

정체를 알 수 없는 자들이 싸움에 나서고 난 뒤 전장의 상황은 마치 손바닥을 뒤엎듯 완벽하게 바뀌었다.

자신들이 쩔쩔매며 상대해야 했던 자들도 너무나 쉽게 상대하는 그 모습에 허탈감마저 들 정도다.

게다가 호패권이 이름도 한 번 들어보지 못한 여인에게 묶여 있었다.

심지어 자신의 주 무기로 보이는 활을 등에 지고서.

"가주님. 대체 저들은 누구 입니까?"

장로들 중 하나가 물었지만 단문형은 대답하지 못했다.

그도 알고 있는 것이 없었다.

하지만 하나 확실한 것은.

'늑대를 피하려다 호랑이를 만난 꼴이 될 지도 모르겠어.'

자신이 감당 할 수 없는 자들이라는 것.

그의 머리가 복잡해질 수밖에 없었다.

대체 무엇을 요구할 것인지 알 수 없었으니. 단형문은 이들이 진짜 야수문의 누군가의 목을 원하는 것뿐이라 믿을 수 없었다.

당연했다.

세상 누구도 그와 같은 입장이 되면 믿지 못할 것이다.

"절 믿어 주십시오. 결코… 위험한 일은 없을 테니."

장로들에게 하는 말이지만 자신을 향한 다짐이기도 했다.

❖

　콰앙!

　주먹질 한방에 와르르 무너지는 담벼락.

　하지만 정작 주먹을 휘두른 호패권의 얼굴은 처참하게 일그러진다.

　푸확-.

　화끈한 고통과 함께 오른 팔 곳곳이 붉어지며 피를 뿌린다.

　깊진 않지만 그렇다고 신경 쓰지 않을 수도 없을 정도의 상처.

　어지간하면 무시하고 달려들겠지만, 벌써 몇 번이나 그녀에게 당해놓은 터라 흘린 피의 양이 만만치 않다.

　"빌어먹을!"

　으드득!

　이를 갈며 거칠게 몸을 일으키는 호패권.

　그 모습을 보며 화령은 빙긋 웃었다.

　모르는 사람이 본다면 너무나 아름다운 미소지만 그녀를 상대하고 있는 호패권의 입장에선 마녀 그 이상도 이하도 아니었다.

　"정정당당하게 싸워라!"

　"어머? 어디서 지랄이야?"

　상큼하게 받아치며 달려드는 그녀를 향해 호패권은 이를

악물었다.

'한 방 먹더라도…!'

왼팔을 강하게 뻗었다.

화령에게 내어주는 미끼.

후욱.

단전의 내공이 썰물처럼 빠져나가며 오른 주먹이 집중되고. 앞을 가로막는 것이 무엇이 되었든 박살을 내버리겠단 의지가 강렬한 그 모습에.

화령은 그를 비웃었다.

"머리는 그러라고 달려 있는게 아니란다."

스컥!

눈에 보이지도 않을 정도로 빠르게 왼팔의 가죽을 베어 낸 그녀는 더 파고들지 않고 몸을 뺐다.

그 모습에 자신의 계획이 무산되었음을 느낀 호패권은 그대로 오른 주먹을 내질렀다.

어차피 들킨 것 성공하든 실패하든 주먹을 내질러야 속이 시원할 것 같았다.

"크아아아!"

콰앙-!

콰르르르!

"힘, 좋네. 좋아."

거칠게 후려친 건물이 힘을 이기지 못하고 무너지는 모습을 보며 화령이 혀를 찼다.

다른 것은 몰라도 적어도 힘 하나 만큼은 인정할 만했다.

'그런데 끈질기네.'

겉은 평온하기 짝이 없으나, 화령의 속은 점점 타들어가고 있었다.

다른 사람 같았으면 벌써 쓰러져도 쓰러졌어야 하는데, 놈은 여전히 강력한 모습을 보이고 있었다.

손에 든 단검으로 놈의 팔을 베어내려 했지만, 어찌나 피부가 탄탄한지 베어내는 것이 전부였다.

'벌써 바꿔야 하나?'

손에 든 단검의 날카로운 날이 무뎌져 있다.

벌써 세 번째.

한 번에 양손의 두 자루를 바꾸니 여섯 자루가 날아간 것이다.

제법 많은 예비 단검을 가지곤 있지만.

이번이 마지막이었다.

툭.

스릉―

손의 단검을 버리고 또 다른 단검을 꺼내드는 화령을 보며 그제야 머리가 돌아가는 것인지 호패권이 웃었다.

"크흐! 과연 네 년이 단검을 얼마나 가지고 있을까? 강철과도 같은 내 피부를 버텨 낼 수 있을 것 같으냐!"

투확!

강하게 땅을 박차며 날아드는 그!

위압적인 모습이지만 그녀는 물러서지 않고 달려들었다.

그리곤 특유의 빠른 몸놀림으로 순식간에 놈의 양팔을 베어내고 뒤로 빠져나간다.

그 순간.

팍!

서늘한 느낌에 재빨리 허공으로 몸을 날리는 화령.

콰앙-!

방금 전까지 자신이 서 있던 자리에 놈의 발뒤꿈치가 박혀든다.

어느 새 뒤돌아선 놈이 내려치기를 시도한 것이다.

"칫."

좀 전까지만 해도 자신의 움직임을 따르지 못했던 놈이다. 그랬던 놈이 이런 움직임을 보인다는 것은 자신의 움직임이 느려졌거나, 놈의 눈이 익었거나.

둘 중 하나다.

어느 쪽이든 그녀에게 유리할 것은 없었다.

처음에 휘의 말과 달리 쉽게 놈을 이길 수 있을 것 같아, 흥미가 떨어졌었는데 이젠 아니었다.

놈은 싸움이 길어지면 길어질수록 힘을 발휘하는 체질.

시간이 갈수록 강한 힘을 발휘하고 있었다.

'이젠 피도 안 흐르네.'

더 미치겠는 건 겨우 베어낸 상처들이 아물어지며 피가 흐르지 않는다는 것이다.

막대한 신체적 능력으로 상처를 억누르는 것이다.

'이렇게 놓고 보니까. 점점 그 놈 같잖아?'

문득 떠오르는 한 사람의 얼굴.

오영의 한 축.

도마원 그 자의 얼굴이.

큰 덩치와 힘으로 상대를 압박하고 어지간해선 상처조차 입지 않는 강력한 육체.

"그래, 너 같은 놈을 상대하는 방법이 따로 있었지."

철컥.

차가운 시선으로 호패권을 보며 단검을 집어넣는 그녀.

그리곤 재빨리 활을 꺼내들었다.

"나도 이젠 전력을 다할게."

그러는 사이 호패권이 괴성과 함께 막대한 내공을 발출하며 달려들었다.

화령과 호패권의 싸움이 점입가경으로 치달아 갈 때.

휘와 살왕의 싸움은 아주 조용했다.

간간히 들리는 소리가 아니었다면 대체 두 사람이 무엇을 하는 것인지 알 수 없을 정도로.

퍼펑!

즈컥.

휘의 주먹이 허공을 때리고, 살왕의 검이 허공을 가른다.

서로에게 큰 상처를 입히지 못하는 둘.

은밀함의 끝을 달린다는 살영과 암영들의 주인인 암군.

둘의 싸움이니 어쩌면 당연한 일일지도 몰랐다.

차라리 정면에서 붙어 싸운다면 휘의 상황이 더 나았겠지만, 살왕은 철저히 자신의 특기를 밀어 붙였다.

움찔.

뒤통수에서 느껴지는 서늘함에 휘는 재빨리 허리를 굽히며 뒤로 발을 내딛었다.

스컥.

머리 위를 스쳐지나가는 검.

그와 함께 옆에서 느껴지는 기척에 휘는 재빨리 허리를 피며 주먹을 내뻗었다.

퍼펑!

내공이 실린 주먹이 허공을 때린다.

느껴지는 감촉은 없지만 휘는 점차 놈과의 거리가 줄어들고 있음을 느꼈다.

'이렇게 고전 할 줄은.'

실력만 놓고 본다면 놈은 휘의 상대가 아니었다.

문제는 놈이 살수라는 것.

묵묵히 살수의 모든 것을 풀어내는 놈은 결코 쉬운 상대가 아니었다.

휘로선 어떻게든 놈과 정면에서 부딪쳐야 했고, 살왕은 그것을 피해 자신의 영역에서 싸워야 했다.

치열한 눈치 싸움.

파팟!

츠츠츠.

둘의 신형이 어지럽게 허공을 수놓는다.

어떻게든 쫓아가려는 자와 떨쳐내려는 자의 싸움.

그 끝에.

승리한 것은 휘였다.

찌익!

날카로운 소리와 함께 살왕의 허리춤 옷자락이 찢겨나가
며 상처 가득한 피부를 드러낸다.

아무렇게나 봉합한 상처위로 가득한 화상자국.

그가 왜 두 눈만 내놓고 다니는 것인지 단숨에 알 수 있
을 정도로 지독한 상처.

하지만 지금 그런 것은 중요하지 않았다.

중요한 것은 마침내 휘가 놈의 꼬리를 붙들었다는 것이다.

지금은 옷이지만 다음번엔 어디를 잡을 지 몰랐다.

살왕 역시 그것을 깨달은 듯 몸을 숨기지 않고 당당히 드
러낸다.

"이제 좀 할 만 하겠군."

"…"

웃는 휘를 보며 살왕은 아무런 말을 하지 않았지만, 흔들
리는 두 눈까진 어쩔 수 없었다.

'넌… 누구냐.'

살왕이란 이름을 얻은 이후 자신이 상대한 자들 중에서
가장 위험한 상대.

게다가 자신의 움직임을 잡았다는 것은 이제 이곳에서 도망치려 해도 늦었다는 뜻이다.

그가 선택 할 수 있는 것이라곤 휘와 정면으로 맞붙어 싸우는 것 뿐.

스릉ㅡ.

허리춤의 단검 하나를 더 꺼내 두 자루의 길고 짧은 검을 역수로 쥐는 살왕.

츠츠츠.

그의 몸에서 예리한 살기가 뿜어져 나오며 휘를 압박하기 시작하지만, 휘 역시 가만있지 않았다.

우우우.

검붉은 기운이 그의 몸에서 일어나더니 곧 살왕의 기운과 충돌한다.

파직, 파직!

한 치의 양보도 없는 기 싸움.

눈에 보이지 않는 치열한 기 싸움을 뒤로 하고 먼저 움직인 것은 살왕이었다.

츠팟!

단숨에 허공을 격해 거리를 줄인 살왕은 거침없이 어깨를 휘의 몸을 향해 밀어 넣었다.

비스듬해진 상체에 힘을 주며 역수로 쥔 왼손의 검을 날카롭게 치켜든다. 오른팔이 어느 새 검 잡이를 든든히 받치는 형색을 취하고.

온 몸의 체중을 실은.

일단 검이 박히면 끝을 볼 생각이 가득한 그의 공격에 휘는 차분히 대처했다.

한 발 뒤로 빼는 동시 반원을 그리며 몸을 회전시킨다.

짧은 순간 가슴 앞을 스쳐지나가는 살왕의 검.

텅 빈 놈의 턱을 노리고 무릎을 치켜 올리려는 순간, 살왕의 오른손이 교묘하게 움직이더니 휘의 무릎을 향한다.

그에 무릎을 다시 내려놓는 휘.

눈 한번 깜빡일 시간 동안 벌어진 공방.

무사히 휘의 공격 범위를 벗어난 살왕이 다시 좌우로 몸을 움직이기 시작하고, 휘 역시 그에 맞춰 호흡을 가다듬는다.

평소의 휘였다면 오래 끌지 않고 단숨에 상대를 처리했겠지만, 살왕은 그럴 수 없었다.

큰 공격을 하기 위해선 조금이라도 큰 동작을 취해야 하는데 놈은 그 틈을 조금도 주지 않았다.

심지어 내공을 끌어올리는 것까지도.

상대의 호흡을 완벽하게 꿰뚫으며 움직이고 있는 것이다.

'피하려고 한다면 피할 수 있겠지만.'

휘는 피하지 않았다.

비록 살왕의 실력이 대단한 것은 사실이지만 감당하기 어려울 정도는 아니었다.

그 증거로 상처하나 없지 않은가.

살왕 역시 마찬가지지만 서로가 느끼는 압박의 수위가 달랐다.

"후우, 후우."

조용히 호흡을 정리하는 살왕.

휘 역시 그에 맞춰 호흡을 정리하며 내공을 서서히 끌어 올렸다.

그 순간 다시 달려드는 살왕.

두 자루의 검이 날카롭게 허리와 목을 노리고 순차적으로 날아들고, 그것을 피하며 거리를 벌리려 하면 어느 새 놈의 다리가 날아든다.

틈을 주지 않겠다는 듯 연신 공격을 퍼 붙는 살왕과 어떻게든 놈의 공격을 피해내는 장양휘.

소리 없는 고수의 싸움이 이어진다.

떠더덩!

굉음과 함께 손을 타고 온 몸에 전달되는 강렬한 충격에 호패권 진각의 얼굴이 일그러진다.

재빨리 손을 흔들어 충격을 해소해 보지만 소용이 없다.

"미친."

툭 하니 욕을 내뱉은 호패권의 몸이 빠르게 움직인다.

쒜애액—!

자신을 노리고 날아드는 화살을 피하고, 피할 수 없는 것들은 쳐낸다.

떠더덩! 떵!

찌잉.

"크윽!"

그때마다 손을 타고 전해지는 충격은 서서히 몸을 갉아
먹는다.

제 아무리 외공으로 튼튼한 몸을 가졌다지만 몸 안의 내
부기관까지 강화 할 순 없는 법이다.

이대로 충격이 몸에 쌓인다면 제대로 해보지도 못하고
쓰러질 것이다.

그렇기에 호패권은 어떻게든 이 상황을 피해보려 했지
만.

"어림없어! 호호호!"

피핑! 핑!

화령의 비웃음과 함께 쉴 새 없이 화살이 날아들었다.

멀지도 않다.

아니, 차라리 멀었더라면 화살의 궤적을 보고 몸을 피하
면 되었을 터다.

겨우 이장.

일반인에겐 먼 거리겠지만 무인에겐 지척인 거리.

그곳에서 그녀는 활을 쏘고 있었다.

제 아무리 뛰어난 실력을 지닌 고수라 하더라도 그 거리
에서 화살의 궤적을 보고 피해 낼 순 없을 것이다.

"크아아아!"

결국 괴성을 지르며 호패권은 화살에 몇 발 맞는 한이 있더라도 화령과의 거리를 좁히기 위해 앞으로 달렸다.

하지만.

퍼퍽! 퍼버벅!

"크헉!"

온 몸을 때리는 강렬한 고통과 함께 되려 뒤로 몇 발자국 밀려났다.

화살이 몸을 꿰뚫지는 못했지만, 빠르게 회전하며 날아온 화살들은 몸에 상처를 내고 충격을 주기에 충분했다.

"미치겠네."

자신의 화살이 먹혔음에도 화령은 얼굴을 피지 못했다.

보통의 화살이라곤 하지만 내공이 실린 공격이다.

어지간한 철판이라도 뚫어버릴 것인데 피부에 상처를 주는 것이 전부다.

타격을 주는 것 같긴 하지만 도통 끝이 보이질 않는다.

툭.

허리춤의 화살 통을 치자 남은 화살 개수가 느껴진다. 손이나 눈으로 세지 않아도 알 수 있다.

'남은 화살은 셋.'

가지고 왔던 화살을 전부 사용했고, 남은 것은 셋.

바닥에 흩어진 화살들이 몇 있지만 그걸 다시 사용하긴 어려웠다.

결국 화살 세 발로 상황을 정리해야 한다는 것인데, 그것이 쉽게 느껴지진 않는다.

'좋아. 해보자. 주인님께서 맡기신 일을 실패 할 수는 없어!'

굳은 의지로 눈을 빛내며 그녀가 화살을 시위에 건다.

때마침 호패권도 다시 자세를 잡았다.

쿠오오오.

몸에서 솟구치는 강렬한 살기와 기운.

내공을 다루지 못하는 외공을 익혔다는 것이 믿기지 않을 정도로 강렬한 기세를 자랑하는 그를 보며 화령은 호패권 역시 마지막을 준비한다는 것을 깨달았다.

그렇게 두 사람은 서로의 끝을 보기 위해 각자 준비를 마쳤다.

눈앞을 어지럽히며 날아드는 살왕의 검을 무심하게 바라보던 휘가 돌연 주먹을 내지른다.

쩌저정!

단숨에 살왕의 검을 튕겨내며 파고들어간 그의 주먹이 살왕의 어깨를 후려친다.

하지만 살왕 역시 그냥 당하진 않겠다는 듯 맞는 순간 몸을 뒤로 튕겨 내며 충격을 최대한 줄였고, 맞는 순간의 힘을 이용하여 몸을 비틀어 휘의 텅 빈 허리를 발로 후려친다.

퍼퍽!

퍽!

거의 동시에 울려 퍼지는 소리.

겉보기론 거의 비등해 보이지만 실상은 달랐다.

충격을 줄였다곤 하지만 충분한 힘이 실린 휘의 주먹과 그렇지 못한 살왕의 발차기.

여기에 휘의 육체가 가진 강력함을 생각한다면 무조건 살왕의 손해였다.

"컥!"

신음과 함께 비척비척 뒤로 물러서는 살왕.

틈을 놓치지 않고 휘가 놈을 향해 달려들었다.

暗夜归来 17章

17 章

태각주(太閣主) 잔살검(殘殺劍) 태호.

중원에 알려진 이름은 아니다.

하지만 일월신교 내부라면 전혀 다른 이야기가 된다.

일월신교의 다섯 기둥 중 하나인 태각의 주인이자 일월
신교 서열 열 번째 안에 들어가는 초고수.

그 별호처럼 싸움이 시작되면 결코 상대를 살려두지 않
으며, 잔인한 싸움을 즐기는 것으로 유명한 그이지만 적어
도 평소의 모습은 달랐다.

잔살검이란 별호가 왜 붙었는지 의아할 정도로 온화하고
얼굴에서 미소를 지우지 않기 때문이다.

그런 그의 미소가 사라지고 차가운 얼굴로 자리에 앉았

다.

사람 좋아 보이는 얼굴의 소유자인 그의 얼굴에 도는 살기에 그를 중심으로 좌우로 나누어 선 수하들의 몸에서 식은땀이 잔뜩 흘러내린다.

"살왕이 죽었다고 했나?"

"그, 그렇습니다. 추정하건데 근래 본교의 행사를 방해하고 다닌다는 놈들의 짓으로 생각됩니다."

"모용세가에 이어 살왕이라. 하! 체면이 말이 아니로군."

헛웃음을 짓는 그의 눈가에 서린 강렬한 살기에 수하들의 얼굴이 빠르게 자신의 발끝을 향한다.

살왕의 뒤를 받쳐주는 역할을 맡았던 것이 태각이다.

모용세가의 일을 처리하기로 했던 것도 태각이다.

물론 모용세가의 일은 갑작스레 참여한 장양운 때문에 제대로 준비를 마치기도 전에 일을 치러야 했었다.

그가 참여하지 않았다면 모용세가를 치는 일은 지금쯤 벌어졌어야 했지만, 어쩌겠는가. 이미 지나간 일인 것임을.

어쨌거나 연달아 두 개의 일을 실패했으니 일월신교 내에서 태각의 위치가 흔들리는 것은 어쩌면 당연한 일.

그것을 태각주인 그가 지켜보고만 있을 리 없는 것이다.

"그래서 놈들의 위치는?"

"파, 파악 중⋯."

푸확!

끝내 말을 마치지 못한 수하의 목이 떨어져 내리고, 피가 대전에 튄다.

그 중 일부가 자신의 얼굴에 튀었지만 피를 닦을 생각을 하지 않으며 수하들을 차가운 눈으로 바라보며 말했다.

"이 버러지 같은 놈들. 이 따위 일도 제대로 처리하지 못하면서 어찌 태각이 오각의 위에 설 수 있겠느냐!"

우르릉!

분노한 그의 몸에서 막대한 기운이 대전을 휩쓸었고 동시 전각이 크게 흔들릴 뿐만 아니라 그의 기운에 얻어맞은 수하들 몇의 신형이 흔들린다.

으드득!

"이걸. 이걸 어떻게 처리해야 할까? 응? 말들 해봐."

말을 해보라곤 하지만 정작 말을 한다고 해도 듣지 않을 것이 분명한 그이기에 누구도 앞으로 나서지 않는다.

"모용세가에서의 일을 방해한 놈들과 동일한 놈들인가?"

잔살검의 물음에 눈치를 보던 한 사내가 앞으로 나서며 대답했다.

"당장은 그렇게 파악하고 있습니다. 놈들이 어떻게 본교의 행사를 아는 것인지 추적을 하곤 있습니다만… 확실한 것을 알아내기까진 시간이 걸릴 것으로 파악하고 있습니다."

"내부의 정보가 흘러갔을 가능성은?"

"그것까지 포함해서 대대적으로 조사하고 있습니다."

"…교주님께선?"

"폐관에서 아직 나서지 않으셨습니다."

"으음!"

긴 한숨을 내쉬는 잔살검.

아니, 그뿐만 아니라 자리에 모인 모든 이들이 안도의 표정을 짓고 있었다.

만약 교주가 이 사실을 알았더라면 방금 전 죽은 자는 오히려 지금 죽은 것을 반겼을 테니까.

"찾아라. 놈들을 찾아 처리하는 것만이 다시 태각의 자존심을 세우고 실추된 명예를 되찾는 길이 될 것이다."

"전력을 다하겠습니다!"

"전력으론 안 돼. 반드시, 네 목숨을 내거는 한이 있어도 찾아야 할 거야."

부르르!

"조, 존명!"

몸을 떨며 명을 받드는 그를 향해 다른 이들이 동정의 눈빛을 보낸다.

"서둘러야 할 것이다. 다른 곳에서 움직이기 전에 우리가 놈들을 잡아야 한다."

차가운 눈빛을 발하는 잔살검의 모습에 사내는 다시 한번 고개를 숙여 답하곤, 빠르게 대전을 벗어났다.

한시라도 빨리 놈들을 찾아야만 자신의 목이 무사할 터다.

핑— 퍼억!

허공을 가르고 날아간 화살이 둔탁하게 바위를 파고든다.

보통이라면 바위에 맞고 튕겨나겠지만, 그녀가 쏜 화살은 마치 두부를 뚫고 들어가듯 바위를 부드럽게 파고들었다.

"이게 아닌데…."

정작 이런 신기를 보인 당사자는 마음에 들지 않은 듯 연신 화살을 먹인 시위를 당겼다, 놓았다를 반복한다.

본거지로 돌아온 그녀는 제대로 쉬지도 않고 활을 잡았는데, 이유는 단 하나.

야수문주 호패권을 상대하면서 얻은 것들 때문이었다.

호패권은 그녀가 상대하기 아주 까다로운 자였다. 실제 실력만 놓고 본다면 화령이 호패권을 상회한다.

상처하나 없는 그녀의 몸이 그것을 증명하고 있었다.

그럼에도 쉽지 않은 싸움이 되었던 이유는 단 하나.

상성이 좋지 않았다.

마치 물과 불처럼 말이다.

"분명 좀 더 비틀어서."

꽈아악!

시위에 걸린 화살이 강하게 비틀린다.

퉁.

쿠아악!

강하게 회전하며 날아간 화살은 순식간에 바위를 파고 들어간다. 이전의 화살들보다 명백히 더 깊이.

"이랬나?"

정작 화령의 반응은 그리 좋지 않았다.

놈을 쓰러트렸던 마지막 화살.

그때의 감각이 살아나질 않았던 것이다.

"그럼 운남은 대리단가에 완전히 넘어간 셈인가요?"

"그렇다고 봐야지. 야수문이 무너지고 그들의 영역을 큰 피해없이 흡수 할 수 있을 테니까. 운남에서 대리단가의 위치를 위협하는 문파는 없으니 사실상 그곳의 지배자라 봐야 하겠지."

휘의 말에 모용혜는 고개를 끄덕이며 찻잔을 들었다.

그가 운남의 일을 처리하기 위해 움직인 사이 모용혜는 본거지의 수리와 각종 물품들의 반입으로 잠도 거의 자지 못할 정도로 바빴다.

최대한 사람들의 눈을 피해서 일을 벌이려 하니, 전문 인력을 대규모로 부리기 어려웠던 탓이다.

그나마 휘가 그녀에게 전권을 주고 간 탓에 암영들을 충분히 부려먹었기에 휘가 도착하기 전에 마무리 할 수 있었다.

"천탑상회가 중원으로 진출을 할 모양인가 봐요."

"쉽지 않겠군."

그녀의 말이 떨어지기 무섭게 휘가 찻잔을 내려놓으며 답한다.

전통적으로 대막과 중원 상인들은 그 영역을 달리했고, 서로의 영역에 침범하는 것은 극도로 꺼렸다.

덕분에 중원 상단은 대막으로 진출하지 못했고, 반대로 대막상인은 그 막대한 부를 쌓고서도 중원으로 진출하지 못했다.

단순히 인력이나 돈이 부족해서가 아니었다.

서로에게 강한 텃새를 부리니 제대로 된 상행이 이루어 질리 없는 것이다.

그것을 천탑상회라고 모르지 않을 것이다.

그럼에도 불구하고 중원 진출을 꾀한다는 것은 순전히 자신의 뒤를 받쳐주겠다는 뜻으로 풀이 할 수 있었다.

그렇지 않다면 굳이 중원 상단들의 극렬한 반발이 불 보듯 뻔한 상황에서 억지로 진출하려 할 리 없었다.

"천탑상회가 중원에 자리를 잡는 것은 쉽지 않을 거예요. 막대한 부를 자랑하는 그들이라 하더라도 대막과 중원은 서로 다른 법이니까요. 그래도 만약 그들이 중원에 성공적으로 뿌리를 내리게 되면… 많은 것이 달라지겠죠."

"말이 길 군. 원하는 것이 뭐지?"

단도직입적인 휘의 물음에 그녀는 살짝 웃으며 말했다.

"천탑상회의 주인을 만나보고 싶어요."

"쉬운 일은 아니군."

"아뇨, 쉬운 일이에요. 적어도 휘님께는."

말과 함께 품에서 꺼내든 것은 화려한 색감을 자랑하는 비단으로 만들어진 편지였다.

"그녀로군."

"네."

보는 것만으로 알 수 있었다.

파세경의 편지라는 것을 말이다. 그리고 모용혜의 말을 유추하면 그녀가 중원으로 오고 있는 것이 확실했다.

휘가 파세경의 편지를 받아들고 열흘.

파세경이 의창에 위치한 자신들의 저택에 도착했다.

이미 편지를 보내기 전부터 중원을 향해 움직이고 있었기에, 예상보다 빨리 도착한 것이다.

의창에 있는 전장(錢莊)에서 돈을 찾아 쓴 흔적이 있기에 그것을 따라 움직이는 것도 어렵지 않았다.

"오랜만에 뵈어요."

회의실에 마주 앉은 파세경이 웃으며 이야기하자 휘는 묵묵히 고개를 끄덕이는 것으로 대신 답했다.

"중원에 지부를 개설할 예정이라고?"

"예. 지금까지는 중원 상단들과 거래를 해왔지만 역시

직접 움직이는 것이 편하니까요. 돈이 없는 것도 아니고."

"흠. 나 하나 때문에 모두가 고생하는 것은 아닌지 모르 겠군."

"네? 장 대협을 지원하는 것은 사실이지만 딱히 그것만 으로 중원에 지부를 개설하는 것은 아니에요."

휘의 말에 눈을 크게 뜨며 고개를 저은 파세경은 재차 말을 이었다.

"이번 기회에 우리도 중원에 뿌리를 두고 움직일 때가 되었다고 판단했을 뿐이에요. 언제까지고 대막에서만 움직 일 수는 없으니까요. 물론 장 대협의 일을 돕기 위해 진출 을 결정한 것도 있지만, 그보다 큰 이유는 지금이 적기로 봤기 때문이에요."

"적기?"

"일월신교가 모습을 마각을 드러내기 시작하면 좋든 싫 든 중원 무림은 진창에 빠져들게 될 거고, 그것은 곧 중원 상계 역시 흔들린다는 소리죠. 무림과 상계는 뗄 수 없는 관계니까요. 그 틈을 노린다면 충분히 성공 할 수 있다는 판단이 섰기 때문에 움직이는 것뿐이죠."

"확실히 그렇지. 놈들이 강하게 움직이면 움직일수록 혼 란은 가중 될 테니."

"그걸 노린 거죠. 물론 그 전까지 중원의 텃세를 비롯해 서 여러 가지로 많은 자금이 들어가겠지만 그 정도야, 뭐."

아무렇지 않다는 듯 가볍게 이야기하는 그녀지만 실상

들어가는 자금은 어마어마한 수준이었다.

대막 최고의 상단으로 떠오른 천탑상회라 할지라도 일을 실패하면 휘청거릴 정도로 말이다.

하지만 파세경은 자신 있었다.

당장은 어려울지 몰라도 곧 자신들이 원하는 모든 것을 손에 넣을 수 있게 될 것이라 말이다.

지금은 손해를 보게 될지 모르지만, 자리를 잡고 난 뒤엔 그 곱절에 달하는 이득을 취하게 될 것이 분명했다.

"그래서 시작은?"

"벌써 하고 있어요. 의창에 때마침 괜찮은 상단 하나가 매물로 나와서 구입했어요. 준비를 해야 하긴 하겠지만 앞으로 열흘 정도면 충분 할 것 같네요."

웃으며 말하는 그녀.

면사 위로 두 눈만 드러나 있음에도 아찔한 미모를 자랑하는 그녀를 보며 휘는 고개를 끄덕였다.

휘가 본 그녀는 천재였다.

상재에 있어선 휘가 본 누구도 그녀를 따를 수 없을 정도로 말이다.

슬슬 이야기가 끝나갈 기미를 보이자 휘는 모용혜의 부탁을 떠올리며 그녀에게 말했고, 파세경은 흔쾌히 고개를 끄덕였다.

잠시 후 살짝 긴장한 얼굴로 방에 들어온 모용혜는 얼마 지나지 않아 파세경과 편하게 이야기를 시작했다.

동갑인데다 서로 통하는 면도 많아서 막히는 것도 없이 술술 넘어간다.

그것을 보고 있던 휘는 조용히 자리에서 일어나 자신의 방으로 향했다.

조르륵.

빈 잔에 죽엽청을 채운다.

싸구려 죽엽청이지만 다른 어떤 술보다 나았다.

단숨에 목구멍으로 넘기자 속에서부터 싸한 열기가 감돌다 사라진다.

그때였다.

츠츠츠.

작은 기척과 함께 백차강이 모습을 드러낸다.

그동안 휘의 곁을 떠나 모종의 임무를 맡았던 그가 이곳에 돌아왔다는 것은 임무가 끝났다는 것.

휘의 시선이 절로 그를 향한다.

"속하 임무를 마치고 귀환했습니다."

"수고했어. 그래서 상황은?"

"놈들이 이미 문파를 잡아먹은 것으로 파악됩니다."

"생각보다 빠르군."

그의 보고에 휘의 얼굴이 굳는다.

백차강은 휘의 명령에 따라 구파일방 중의 하나인 종남파를 은밀하게 지켜보았다.

그 결과 종남파가 이미 놈들의 손에 떨어졌음을 확인 할 수 있었다.

"종남의 수뇌 대부분이 놈들의 간자로 바뀌어 있습니다. 그들이 작정하고 움직이면 종남 전체의 움직임이 바뀌게 될 확률이 아주 높게 보였습니다. 당장은 숨기는 것 같았습니다만, 언제 마각을 드러낼 것인지 알 수 없었습니다."

"수고했어. 가서 쉬어."

"존명."

나타났을 때처럼 사라지는 그를 뒤로 하고 휘는 조용히 죽엽청을 비워나간다.

'구파일방 중에서도 종남은 유독 심했던 곳이긴 하지. 게다가 결정적인 순간에 뒤통수를 때렸던 곳이기도 하고. 할 수 있다면 미리 처리하는 것이 좋겠지. 놈들이 장악했다곤 하나 아직 제 정신인 놈들도 많을 테니.'

어차피 놈들이 자리 잡고 있는 것은 권력을 쥔 윗선들.

놈들을 쳐낸다면 오히려 종남은 일월신교의 농간을 벗어날 수 있는 절호의 기회를 손에 쥐게 되는 것이지만… 그것을 과연 두고 보겠냐는 것이 문제다.

당장 그들이 일월신교의 간자라는 것을 밝혀내는 것이 어렵다는 것도 문제지만, 워낙 고위층이다 보니 쉽게 건드릴 수 없다.

그 중에서도 제일 큰 문제는.

"구파일방이라는 것이겠지."

아무리 구파일방의 끝자락에 위치했다지만 그들은 엄연히 구파일방이란 무림에서 가장 강력한 문파 중 하나였다.

그런 종남에서 문제가 생기면 다른 문파들이 참견하지 않을 리 없었다.

이제까지 휘가 했던 수많은 일들이 있지만 구파일방의 축인 종남을 건드리는 것은 전혀 다른 문제였다.

"계륵이로군. 계륵이야."

이러지도, 저러지도 못했다.

놈들을 처리하는 것으로 중원 무림은 일월신교의 공격을 버틸 수 있는 힘의 한 축을 얻게 될 것이지만, 반대로 당장의 혼란은 피할 수 없다.

게다가 딱히 휘가 얻을 수 있는 이익도 없었다.

그동안 이익을 따져가며 움직였던 것은 아니지만, 굳이 중원 무림을 적으로 돌려가며 움직일 필요까진 없는 것이다.

놈들이 배신을 하는 순간 큰 타격을 입기는 하겠지만 그 정도는 자신과 암영들이라면 충분히 메우고도 남는다.

자신이 알던 미래와 가장 다른 것은 바로 자신과 암영의 존재였으니까.

"하지만 미래가 바뀌기 시작했다는 것이 문제지. 결국 놈들의 존재가 어떤 식으로 바뀌게 될 것인지 전혀 알 수 없다는 것인데…"

미래가 바뀌는 것은 크게 두렵지 않지만, 자신이 하고자

하는 일에 큰 변수가 일어나는 것을 막을 수 있다면 막아야
했다.

결국 선택은 둘.

구파일방의 반발을 무시하고 종남을 건드리느냐, 알고도
모르는 척 하느냐.

양자택일이다.

휘의 고민이 길어진다.

❖

무진상단은 의창에 자리를 튼 상단들 중에 가장 크고, 오
래된 상단으로 그 영향력은 호북 전체를 아우른다.

비록 중원 십대상단의 하나는 아니었지만 그들의 턱밑까
지 따라간 것으로 평가받는 상단이었는데, 하루에도 수많
은 물건들을 거래하느라 평소에도 시끄럽지만 오늘은 더
시끄럽다.

그것도 회의실이.

"놈들을 막아야 합니다!"

"그렇습니다! 어디서 대막 상인 따위가 중원에. 그것도
안방이라 할 수 있는 호북에 자리를 튼단 말입니까!"

"크게 전에 싹을 지워버려야 합니다!"

"옳습니다!"

의창뿐만 아니라 호북에서 콧방귀 좀 낀다는 상단주들이

연신 회의실을 시끄럽게 만들고 있었다.

그리고 그들의 중심에 무진상단주 갈지명이 있었다.

"어떤 놈들이라고?"

노인의 모습을 한데다 특유의 힘이 빠진 목소리는 모르는 사람으로 하여금 그를 무시하게 만들지만, 이 자리에 있는 누구도 그를 무시하지 않는다.

저 모습에 속아 넘어간 상단이 한 둘이 아니라는 사실은 공공연한 비밀이다.

"천탑상회라고 합니다. 처음 들어보는 이름이지만 당당히 본거지가 대막이라 하고 다니는 모양입니다."

"얼마 전에 무너진 진관상회의 건물을 그대로 인수한 모양입니다. 지금은 건물을 고치느라 외부에 공개를 하지 않고 있지만 며칠 안으로 문을 열 것 같습니다."

"천탑, 천탑이라. 이름은 잘 지었군, 그래."

웃으며 말하는 갈지명.

하지만 두 눈은 차갑게 빛난다.

"대막에서 제법 재미를 보고 넘어온 모양인데, 중원 상계의 무서움을 보여줘야 하겠지. 클클클."

"허면 어떤 방법이 좋겠습니까?"

누군가의 물음에 갈지명은 모르는 척 시선을 돌리며 말했다.

"상단의 생명은 신용이 아니겠나. 신용이 떨어진 상단은 진관상회처럼 무너지는 법이지."

"신용이라. 좋은 말씀이로군요."

모두가 한 결 같은 미소로 웃는다.

장사치의 생명은 신용이고, 제 아무리 돈이 많다 하더라도 신용이 무너진다면 장사는 끝났다.

그런 신용을 지키기 위해 상인들은 많은 돈과 방법을 사용한다. 역으로 말해 그곳을 노리고 공격한다면 자연스럽게 무너진다는 것이었다.

특히 일을 실패하여 배상금을 지급하게 된다면 제 아무리 돈이 많아도 빠르게 무너져 내릴 것이다.

버는 것보다 쓰는 것이 많아지면 당연한 일이니까.

"클클. 천탑상회가 문을 열면 꽃이라도 하나 보내야 하겠군."

"허허허. 그리고 보니 저희 상단과 오래 거래를 해 오신 분이 마침 서역의 귀한 물건을 찾고 계셨는데, 이번 기회에 거래를 터봐야 하겠군요."

누군가의 말에 모두가 웃었다.

"하하, 하하하! 그렇다면 나도 빠질 수 없지!"

"순서대로 합시다, 순서대로! 눈먼 돈을 버는 일은 혼자 하는 것보다 여럿이서 하는 것이 좋지 않겠소!"

"와하하하!"

사내들의 웃음소리로 가득 차는 회의장.

하지만 정작 의견을 내었던 갈지명은 웃지 않고 있었다.

'애송이의 치기인가. 아니면 자신감인가. 일단 지켜봐야

하겠군.'

모두가 낙관적으로 바라보고 있을 때 갈지명은 조심스럽게 접근하고 있었다.

놈들에게 자신의 영역을 내어주지 않는 것도 중요하지만, 역량을 알아보는 것은 더 큰 문제였다.

이대로 무너진다면 그뿐이지만 그렇지 않다면 문제가 될 것이니까.

그렇게 호북 상단들이 모여 모의를 하고 있을 때, 파세경은 모용혜와 함께 새롭게 단장 중인 건물의 곳곳을 돌아다니며 의견을 나누고 이었다.

첫 만남 이후 두 사람의 거의 떨어지지 않고 무수히 많은 이야기를 나누었다.

가문에서 외부로 나가지 못하며 친구를 만들지 못했던 모용혜와 비슷한 처지였던 파세경.

둘의 공통점은 둘을 가깝게 만들었다.

"호북 상단들이 가만히 있을 리 없어. 나중에는 중원 상계가 들고 일어설 것이고. 아무리 돈이 많아도 그들 모두를 상대로 싸운다는 것은 있을 수 없는 일일거야."

모용혜의 말에 파세경은 당연하다는 듯 고개를 끄덕였다.

"그들이 취할 방법은 몇 가지로 압축 할 수 있어. 이미 거기에 대한 준비는 충분 할 정도고. 과거 많은 대막 상단들이 중원에 뿌리를 내리려했지만 번번이 실패했던 것도 결국 하나지. 상단의 생명과도 같은 신용을 잃어버린 것."

"신용이라… 하긴 상인의 제일 덕목이지."

"맞아. 신용만 있다면 돈이 없어도 장사를 할 수 있는 것이 상인이고, 신용이 없다면 억만금을 손에 쥐고서도 장사를 할 수 없는 것이 상인이니까."

"결국 저들은 네 손바닥 위에서 놀게 되는 거구나."

"그런 셈이지. 저들이 할 수 있는 것이라곤 치졸하게 값비싼 물건을 주문하면서 구할 수 있는 기간을 짧게 잡거나, 배상금 문제를 들먹이는 정도겠지. 아니면 산적들을 포섭해서 우리 일을 방해 할 수도 있고."

"물건을 잃어버리면 타격이 크겠네. 물건도 물어줘야 하고, 배상금도 물어줘야 할 테니."

모용혜의 말에 파세경은 정리된 화원 한쪽에 앉으며 말했다.

"아무래도 그렇지. 여기에 당하고 대막으로 돌아가야 했던 상단들도 많고. 하지만 그것도 충분히 준비했어. 우리는 이제 시작하는 만큼 무력을 다룰 표사들의 숫자가 부족한 편이라 낭인시장에서 사람을 구해야 해. 헌데, 그들이 이미 손을 썼다면 쉽게 구 할 수 없겠지?"

"저들도 바보가 아닌 이상 네게 칼을 쥐어 주려하진 않겠지."

"그래서 내가 믿을 수 있는 사람들로 표사들을 구성했어. 지금쯤이면 이곳을 향해 대규모 물건을 가지고 오고 있을 거야."

"물건?"

갑작스런 이야기에 모용혜가 파세경을 바라본다.

"말 했잖아. 저들이 할 수 있는 것이라곤 중원에서 구하기 힘든 물건을 주문하는 것뿐이라고. 그렇다면 거기에 대응해서 어느 정도 물건을 가지고 있는 것도 하나의 방법이되거든. 물건과 함께 믿을 수 있는 표사들이 함께 오니 더좋은 것이고."

면사 위로 드러난 두 눈이 반월을 그리며 웃는다.

그 모습에 모용혜는 고개를 저었다.

자신이 난생처음 만든 친구는 너무나 대단했다.

'나도 부족하다 생각하진 않았는데… 적어도 이쪽 분야에서 그녀는 나 이상의 천재야.'

모용혜가 인정하지 않을 수 없었다.

막대한 돈을 쥐고 있는 것을 철저하게 이용하여 중원에서 탐낼만한 물건들을 대량으로 들여온다. 믿을 수 있는 무인들과 함께 말이다.

돈이 없다면 생각할 수도 없는 방식이고, 돈이 있더라도쉽게 생각 할 수 없다.

안 팔리게 된다면 그 모든 것이 물거품이 되어버릴 테니까.

하지만 반대로 그것 모두를 잃어도 타격을 입지 않을 정도의 부를 지닌 그녀에겐 아무래도 좋은 물건들이었다.

있다면 자신의 앞을 방해할 중원 상단들을 한방 먹일 수 있을 것이고, 없다면 없는 대로 버텨낼 수 있으니까.

"준비는 거의 끝났으니 남은 건, 저들이 어떻게 나오느냐 하는 것이겠지."

이틀 뒤 천탑상회의 의창지부가 문을 활짝 열었다.

상태가 좋지 않던 기와와 기둥을 교체하고 흙바닥이던 마당에 평평한 돌을 깔아 비가와도 이동에 무리가 없도록 만들었다.

곳곳에 막대한 돈이 들어간 흔적이 보인다.

하지만 그런 노력과 달리 천탑상회의 안쪽으로 사람들이 보이지 않았다.

당연한 이야기지만 거래하는 곳이 없으니 사람이 있을 이유가 없는 것이다.

좋은 조건을 보고 천탑상회에 취직을 한 사람들이 걱정을 할 정도로 말이다.

하지만 다음날부터 상황이 바뀌었다.

어디서 소문을 들은 것인지 상단 책임자들이 찾아와 각종 물건들을 주문하기 시작했다.

대부분이 대막의 교역품들.

'숨기지도 않았지만 이렇게 노골적일 줄은 몰랐네.'

그들이 주문하고 간 주문서를 보며 파세경의 눈썹이 일그러진다.

중원의 물품은 하나도 없이 대막의 교역품들만 주문이
들어왔다.

하나 같이 값비싼 것들.

의뢰기간 역시 아슬아슬할 정도로 짧았다.

대막을 건너는 동안의 변수를 전혀 감안하지 않은 여유
시간이다.

대신 그들은 막대한 계약금을 걸었는데, 만약 일이 실패
로 끝나면 그 곱절은 위약금으로 나가게 될 터였다.

즉, 어떻게든 위약금을 벌어들이기 위해 일부러 이런 주
문을 넣은 것이다.

"대충 이럴 것이라곤 생각은 했지만, 대단하네. 대단해."

혀를 차며 그녀의 곁에서 주문서를 내려다본 모용혜가
고개를 젓는다.

모든 것이 파세경의 말처럼 흘러가고 있었다.

그리고 확실한 것은 모르지만 그녀가 큰 무리 없이 주문
을 받아들이는 것을 보아, 지금 이곳으로 오고 있다는 자들
이 가져오는 것들 중 주문을 받은 물건이 모두 있는 듯 했
다.

"노골적이라 기분은 나쁘지만 다행이 계획했던 대로네
요. 지금 물건을 가지고 이곳으로 오고 있으니 여기에 있는
것들의 대부분은 간단하게 해결 할 수 있어요."

"목록을 다 기억하고 있어?"

"그게 상인이니까요."

웃으며 주문서를 정리하는 파세경.

그 손놀림이 매서워 보인다.

騎歸 在黑夜 18章

暗若歸還

18 章

섬서의 대표적인 문파하면 화산을 떠올리지만 그곳엔 종남 역시 자리를 잡고 있었다.

화산이 구파일방이란 단어가 생긴 이래 단 한 번도 이름을 내린 적이 없다면, 종남은 그 끝자락에서 오르락내리락하는 수준이다.

천재 하나가 종남의 수준을 끌어올리고, 악재 하나가 종남을 파멸로 치닫게 하는 꼴인데.

근 백년 이래 종남은 구파일방의 자리에서 내려가 본 적이 없었다. 꾸준히 좋은 인물들이 종남을 대표하기 시작했을 뿐만 아니라, 규모도 커지며 더 이상 화산에 눌리지 않아도 되기 때문이다.

특히 군문(軍門)에 제자들이 투신하기 시작하며 좋은 결과를 올려 높은 자리에 올랐고.

그것은 고스란히 종남의 위세를 높이는 결과를 낳았다.

어쨌거나 종남의 힘은 이젠 누구도 무시 할 수 없는 위치에 오른 것이다.

종남산에 자리를 튼 종남파는 그 시작은 도가 계열의 문파였으나, 이제와선 그 흔적을 찾아보기 어려웠다.

처음 만들어졌을 때도 무당이나 화산처럼 참배객을 받았던 것도 아니라, 얼마 지나지 않아 도가의 흔적이 조금씩 사라지기 시작했다.

다만 그 흔적이 그들이 자랑으로 여기는 종남 무공의 여기저기에 남아 있었다.

밤하늘에 가득한 별을 보는 종남 장문인 선운검(鮮雲劍) 하상준.

종남산 정상에 홀로 선 그의 모습은 신선 그 자체였다.

"이제 슬슬 나도 손을 놓을 때가 되었구나."

씁쓸하게 중얼거리는 그.

장문인의 자리에 오른 후 십년이 넘었다.

성공적으로 종남을 이끌며 전대 장문인들에게 부끄럽지 않은 업적을 쌓은 그이지만, 이젠 나이가 들었다.

그렇지 않아도 밑에서 든든히 자라나는 제자들이 있음이니 자리를 내놓고 무림에서도 발을 뺄까 싶은 그였다.

이젠 좀 쉬고 싶은 것이 그의 솔직한 마음.

"둘 중 누구를 택하든 종남의 미래는 밝을 것이지만…."

다만 걸리는 것이 있다면 차기 장문인으로 염두에 두고 있는 두 사람.

단가극과 마정필.

둘의 선택이었다.

역대 종남 최고의 재능으로 손에 꼽히는 인물이 둘이나 되고 종남 제자들에게 두루 사랑을 받는 것까지도 같다.

실력 또한 종남 전체를 살펴도 손에 꼽을 정도이니. 언제든지 장문인의 자리를 건네면 될 문제지만 너무나 비슷하고 뛰어난 둘이다 보니 누구를 선택할 것인지 결정을 내리기 어려웠다.

누구를 택하든 한 사람은 장문인이 되고, 한 사람은 장로가 된다.

그게 그것인 것 같지만 장문인의 입장에서 좀 더 나은 자를 장문인으로 뽑는 것은 그의 책임이자 임무였다.

"어렵군, 어려워."

결국 고개를 저으며 느긋한 발걸음으로 산을 내려간다.

어둠이 내려앉은 종남파.

밤이 깊은 시간임에도 불이 꺼지지 않는 방이 하나 있다.

바람에 조금씩 흔들리는 불빛에 문에 비치는 그림자도 함께 흔들린다.

두 사람의 그림자가.

한 사람은 평범한 인상의 사내였지만, 한 사람은 누가 봐도 못생겼다고 이야기 할 정도의 얼굴이다.

허나, 둘의 정체를 알고 있는 사람이라면 누구도 그들에게 이런 이야기를 하지 않는다. 당연했다.

종남의 미래를 책임질 두 사람 단가극과 마정필이니까.

가부좌를 튼 채 땀을 뻘뻘 흘리는 두 사람의 얼굴 표정이 쉴 새 없이 바뀐다.

몸을 움직이지 않는 비무를 두 사람은 펼치고 있었다.

오직 기감으로만 펼쳐지기에 섬세한 기의 조절을 필요로 할 뿐만 아니라 상대의 기를 잡아내는 섬세함까지 갖춰야 한다.

기감 훈련임과 동시 내공을 자유롭게 움직이는 훈련이기도 하다.

"허억! '

"헉!"

거의 동시 두 사람이 눈을 뜨며 거칠게 숨을 몰아쉰다.

"내가 이겼다."

"아니, 나야."

"어허! 마지막 순간에 네 목을 가른 것은 내 검이야."

"그 전에 내 검이 네 심장을 찔렀잖아!"

땀으로 흠뻑 젖을 정도로 진이 다 빠진 주제에 두 사람은 연신 투닥 거리며 싸웠다.

종남 제자들이라면 자주 볼 수 있는 광경으로 어느 분야에서나 두 사람은 사사건건 부딪쳤다.

그렇다고 나쁜 것은 아니다. 오히려 그것이 좋은 방향으로 이어지고 있기에 종남에서 거는 기대도 더 큰 것이다.

그렇게 한참 시시껄렁한 이야기를 주고받던 도중 평범한 인상의 마정필이 입을 열었다.

"없지?"

"없네."

둘의 시선이 교차로 좌우로 움직인다.

자신들의 주변으로 어디에서도 느껴지지 않는 사람의 기척.

그제야 안심한 단가극이 한숨을 내쉰다.

"대체 언제까지 이 짓을 해야 하는 거지?"

"명령이 떨어질 때까지 해야지."

"어휴. 아무리 위의 명령이라지만 몸이 이렇게 근질근질거려서야 얼마나 참을 수 있을 런지 모르겠다. 종남의 무공은 아직도 내게 맞질 않는 옷을 입은 것 같고 말이야."

"그래도 삼십년을 배웠는데 이젠 익숙해질 때가 되지 않았어?"

"흥! 그래봐야 종남 무공이지."

단가극의 말에 동의하는 듯 마정필은 대답하지 않는다. 종남에서 손에 꼽히는 무공을 익힌 두 사람이지만 그것조차 마음에 들지 않는다는 것은 쉽게 이해하기 어렵다.

"해는 결국 떠오른다. 달 역시 마찬가지고. 우린 조용히 그날을 기다리면 되는 거다."

마정필의 말에 단가극이 입을 삐죽인다.

"누가 몰라서 그러냐? 심심해서 그러지. 본교의 뛰어난 무공을 두고 종남의 무공을 써야 한다니, 정말 힘들다. 힘들어!"

"참아라. 곧 좋은 소식이 들려 올 테니."

"당연히 그래야지!"

웃으며 이야기를 주고받는 두 사람.

만약 이 이야기를 다른 누군가가 들었다면 도저히 믿을 수 없어, 자신의 귀에서 피가 날 때까지 파고, 또 팠을 지도 모른다.

종남 최고의 기재라 불리는 두 사람이 종남을 무시하고 있었다.

아니, 종남에 속했으면서도 종남에 속하지 않았다.

그것이 뜻하는 바는 하나.

이 두 사람이 바로 일월신교에서 심어놓은 간자라는 것이다.

"누가 장문인이 되었든 종남은 망하겠네."

"그게 우리 목적이니까."

"아무튼 무사태평인 놈들이라니까. 재능만 보이면 출신을 가리지 않는 것은 둘치더라도, 과거 행적은 뒤져봐야 하는데 말이야."

"다른 구파일방은 그래도 좀 심한 모양이지만 종남은 덜하지. 그래서 우리가 클 수 있었던 것이고. 그게 불만이면 네가 장문인이 되면 뜯어고치면 될 일이다."

"큭큭, 그렇지? 그땐 이미 망할 준비를 했을 때지만."

단가극이 웃자 마정필 역시 마주 웃었다.

종남 제자들이 둘 중 누가 장문인이 되더라도 상관없다 말하는 것처럼 두 사람 역시 아무래도 상관없었다.

어차피 종남을 먹어 치울 것이니까.

"다른 사람들은 그래도 잠잠하네? 서로 정체도 알고 있는데 인사나 다닐 것이지."

"만약을 대비하기 위해 마지막 순간까지 모르는 척하겠지."

"그것도 그렇지. 어쨌거나… 그날이 기대 되네."

"그러게."

다시 한 번 마주보며 두 사람은 웃었다.

불타오르는 종남의 미래를 그리며.

웅웅—.

이른 새벽.

용음을 흘려내는 혈룡검 때문에 자리에서 일어난 휘는 말없이 벽에 걸려있던 녀석을 꺼내 들었다.

얻고 나서도 제대로 사용해 본 적이 없는 검.

무림에서 값어치를 따질 수 없는 보검이라지만 휘에겐 하등 필요가 없는 물건이었다.

적어도 휘 본인은 그렇게 생각하고 있었다.

휘가 익힌 무공은 딱히 무기를 가리지 않는데다, 강력한 육체를 두고서 귀찮게 검을 사용할 필요가 없었다.

필요하다면 사용하겠지만 적어도 지금까진 검의 필요성을 그리 느끼지 못했다.

덕분에 방치 아닌 방치를 당한 혈룡검이다.

"혈영곡에 대해 알아보고 있으니 보채지 마라."

툭툭.

진정하라는 듯 검을 두드린 휘는 꽉 닫힌 창문을 활짝 열었다.

여명이 떠오르며 밤하늘이 밝아지고, 시원한 공기가 방 안으로 물밀듯 들어온다.

먹는 것도 최소한으로 섭취하듯, 수면 역시 마찬가지다.

잠시 누워 몸을 쉬어준다는 정도지 깊이 잠들진 않는다.

전생에서도 깊이 잠들어 본 적이 없고, 이번에도 마찬가지였다.

'그때완 비교도 할 수 없는 자유를 누리는 셈이니 더 나은 것인가?

억압받던 그때와 지금은 비교조차 할 수 없었다.

간절하게 바랬던 것이 자유였었는데, 환생을 하고 난

이후 거기에 익숙해진 것 같았다.

새삼스런 감정에 몸을 맡기며 멍하니 떠오르는 해를 바라보던 휘를 일깨운 것은 혈룡검이었다.

우웅, 웅.

나지막하게 울음을 토해내는 녀석.

녀석의 불만을 휘는 알 것 같았다.

"그래, 너도 답답하겠지. 하지만 당분간 널 사용할 필요는 없을 것 같구나. 이전과 같이."

우웅!

강한 반항에 피식 웃으며 휘는 벽에 녀석을 다시 걸었다.

체념한 것인지 조용해진 녀석을 뒤로 하고 밖으로 나선다.

침묵에 빠진 저택이지만 곳곳에서 암영들이 호위를 서고 있음을 휘는 느낄 수 있었다.

저택을 호위하는 자들을 제외하곤 대부분 각자 배정 받은 방에서 휴식을 취하지만, 휴식이라는 것도 그저 조용히 누워 눈을 감고 있는 수준이다.

휘와 크게 다르지 않은 육신들이기에 어쩔 수 없는 일.

"일찍 일어나셨군요."

휘의 뒤편에서 간편한 무복 차림의 모용혜가 눈을 비비며 인사를 건네온다.

잠에서 깨어난 모습이라기 보단 밤을 새고 이제 막 잠에 들려는 것 같았다.

"밤을 새운 건가?"

"아무래도 정보가 부족하니까요. 세경이를 통해서 받은 정보들을 분석하는 것만으로도 시간이 부족해요. 더는 안 되겠네요. 전 좀 자러 갈게요."

더 이상은 한계라는 듯 비틀거리며 자신의 방으로 향하는 그녀를 보며 휘는 고개를 저었다.

말은 저리하지만 일이 없어도 만들어 할 만큼 그녀는 모용세가의 울타리를 벗어나 자신의 재능을 유감없이 발휘하고 있었다.

덕분에 정확하게 파악하지 못하고 있던 놈들의 움직임이 조금씩. 아주 조금씩 눈에 들어오기 시작했다.

이는 엄청난 이득이었다.

자신이 가지고 있는 기억과 연관을 시킨다면 미래가 바뀌었다 하더라도 어느 정도 대응을 할 수 있을 테니까.

물론 완전한 것도 아니고, 빙산의 일각에 불과한 것이지만 짧은 시간에 거기까지 파악한 그녀의 실력은 휘가 생각했던 것 이상이었다.

그녀의 존재 자체가 휘에겐 복이 되어버린 것이다.

"정보력을 손에 넣어야 하나?"

혼자 중얼거리며 생각을 해본다.

하지만 곧 고개를 저었다.

그렇지 않아도 자신이 벌려놓은 일이 많은데, 거기까지 손을 뻗치기는 너무나 어려운 일이었다.

더욱이 정보력이란 단시간에 이룰 수 없는 일이고, 기존의 문파를 힘으로 손에 넣는다 하더라도 그들이 자신이 필요로 하는 정보를 제공할 것인지에 대한 확신이 없었다.

결국 모용혜가 고생을 하더라도 지금 같은 체계를 지어가는 수밖에 없었다.

그나마 다행이라면 파세경의 존재였다.

막대한 돈의 힘으로 온갖 정보를 조달해 왔으니까.

그것을 파악하고 움직이는 것은 모용혜의 몫이고.

중원에 지부를 개설해야 하는 파세경이기에 정보를 사들이는 당위성도 있기에 자신들의 모습을 드러내지 않을 수 있었다.

얼마 지나지 않아 해가 중천에 뜨고 나서야 잠에서 깨어난 모용혜는 휘의 집무실로 향했다.

뜨거운 차를 두고 마주앉은 두 사람.

"충분히 잔 모양이로군."

"오랜만에요. 그보다 현재 저희의 정확한 전력을 알 수 있을까요?"

"전력?"

"네. 정확하게 알아야 저도 머리를 써도 쓸 테니까요."

그녀의 말에 휘는 잠시 고민했다.

자신들의 전력을 그녀에게 말해주는 것이 어려운 것이 아니라, 대체 어디에 비교를 해야 하는 것인지 감이 잡히질 않았던 것이다.

"딱히 비교 할 만 한 곳이 없군. 모용세가에서의 전력은 어느 정도 확인을 했을 테고."

"네. 그때 모습을 보고 일단 오대세가 이상으로 생각은 하고 있는데, 정확히 어떨지 몰라서요."

그날 그녀가 본 것은 암영들의 극히 일부분일 뿐이지만 그것만으로도 대략적인 예측은 가능했다.

"암영이 오백. 그리고 나."

짧은 말에 모용혜는 말이 턱 막혔다.

이곳에 꽤 많은 암영들이 있다는 것은 알았지만 정확한 숫자는 몰랐다.

오영들을 제외하면 항상 비슷한 외형을 유지하는 암영들이라 그녀로선 구분하는 것이 무척이나 어려웠던 것이다.

막상 오백이라는 숫자를 듣자 그녀도 계산이 어려웠다.

모용세가에서 모습을 드러냈던 암영의 숫자는 아주 작았었으니까.

'그 인원으로도 그런 힘을 발휘했었는데. 이거… 생각보다 더 대단한 곳에 힘을 보태게 된 것은 아닐까? 이런 전력을 가지고서도 일월신교를 막을 수 없다는 것은 대체 그들은 얼마나 강하다는 거지?'

순간적으로 머릿속이 복잡해지지만 이어진 휘의 말에 정신을 차린다.

"필요하다면 구파일방이라 하더라도 무너트려 줄 수 있다. 그러기 위해선 우리도 희생을 치러야 하겠지만 불가능한 것도 아니지."

어렵지 않게 대답하는 휘.

이미 전생에서 구파일방을 박살내봤던 경험이 있는 그로선 딱히 틀린 말도 아니었다.

더욱이 그때는 놈들의 공격을 몸으로 받으며 그들 무공의 특색을 알아냈지만, 지금은 그럴 필요도 없다.

그때의 기억을 고스란히 가지고 있으니까.

더 빠르고, 완벽하게 이 땅에서 지워버릴 자신이 충분히 있었다.

휘의 말에 멍하니 있는 모용혜.

설마 이런 말이 나올 것이라곤 상상조차 하지 못했던 까닭이다.

"전력이라면 충분하니 필요한 것이 있다면 언제든 이야기해라. 어지간한 것이라면 어렵지 않게 해결을 볼 수 있을 것이니."

"아, 네. 네."

얼떨결에 말을 더듬으며 대답하는 모용혜.

그녀의 머리가 이전보다 더 복잡해진 건 당연한 이야기였다.

❖

하루하루 살벌한 태각주 때문에 태각의 무인들은 죽을 맛이었다.

배로 늘어난 훈련양이야 그렇다 치더라도 살벌한 그 분위기를 버틸 수 없었던 것이다.

제 아무리 뛰어난 무인이라 하더라도 긴장한 채 매일매일을 보낸다는 것은 결코 쉽지 않은 일이니까.

그렇게 살얼음판 같은 매일이 지나고 있을 때.

태각주의 얼굴이 풀렸다.

"고의로 정보를 흘린다?"

"그렇습니다. 놈들이 어떻게 본교의 정보를 알아내어 움직이는 것인지 알 수는 없으나, 그것을 역으로 이용하는 것은 괜찮을 것이란 판단입니다."

"그것 역시 놈들이 파악을 하면?"

"파악하지 못하게 하면 됩니다."

"호?"

그가 관심을 드러내며 상체를 세우자, 이번 계획을 세운 무인의 얼굴이 밝아지며 재빨리 말을 잇는다.

"현재 진행되고 있는 계획들 중 하나를 미끼로 던지면 됩니다. 어차피 놈들이 또 달려들 것이라면 철저히 준비가 끝난 곳을 미끼로 삼으면 놈들을 잡을 수 있을 겁니다. 놈들을 낚을 준비는 철저히 저희 태각에서만 준비하면 될 일입니다. 만약에 정보가 새어나간다면…."

"쥐새끼가 우리 중에 있다는 것이겠지."

"그렇습니다. 그리되면 당장 본각에 타격은 있겠지만 간자를 스스로 처리함으로서 반대로 본각의 위신이 높아질 것입니다."

"좋군! 좋아!"

짝짝짝!

박수를 치며 고개를 끄덕이는 잔살검.

자신의 일을 방해한 놈들의 목을 비틀 생각만 해도 그동안 좋지 않던 기분이 사라지는 것 같다.

"네가 책임지로 일을 진행해봐! 본각의 모든 것을 사용해도 좋다. 성공하면 네 입지는 탄탄해질 것이고, 실패한다면. 그 뒤는 생각하지 않아도 좋아."

"존명! 최선을 다하겠나이다!"

푸드덕!

창공을 나는 비둘기.

야생비둘기가 아닌 전문적으로 훈련을 받은 전서구다.

발목 혹은 목 언저리에 서찰을 넣은 통을 매달고 정해진 장소를 향해 쉬지 않고 날아가는 전서구.

때론 매를 비롯한 동물들에게 위협을 당하기고 하고, 실제로 잡아먹히는 녀석들도 적지 않지만 꾸준히 하늘을 날아 무사히 도착하는 녀석도 적진 않다.

그리고 이 녀석 역시 지친 몸으로 무사히 목적지에 도착할 수 있었다.

구구구.

"응? 전서구?"

창밖에 있는 전서구의 모습에 단가극은 고개를 갸웃거리며 녀석을 받아들인다.

목에 걸린 통에서 돌돌 말린 전서를 뽑아들자.

-준비하라.

짧은 글이 암문으로 적혀있다.

오직 일월신교 출신의 무인만이 읽을 수 있는 그 글에 단가극의 얼굴 위로 미소가 떠오르고.

푸드득!

콰직!

전서구가 그 명을 달리한다.

피가 뚝뚝 떨어지는 녀석을 곧 정신을 차린 단가극은 빠르게 흔적을 치우고선 마정필을 찾아 움직였다.

홀로 수련을 하고 있던 마정필은 단가극의 소식에 웃었다.

"드디어 끝이 보이는 건가?"

"오래도 기다렸지."

"우선 준비라고 했으니 동지들을 모으는 것이 먼저겠지."

그날 저녁 두 사람은 동시에 일주간의 폐관에 들어갔다.

함께 수련을 하는 경우는 있어도 폐관에 들어간 적은 없었기에 조금 시끄러워졌지만 곧 잠잠해진다.

무공의 발전을 위해 수련에 들어간다는데 반대할 필요가 없는 것이다. 게다가 아직 공식적으로 어떤 자리도 받지 않은 두 사람이니 더 그랬다.

하지만 소식을 전해 받은 이들 중 몇몇의 눈빛이 바뀐다.

단가극과 마정필의 동시 폐관수련이 그동안 없었던 결정적인 이유.

그것이 일종의 신호 역할을 하기 때문이었다.

더 이상 정체를 감출 필요가 없다는 신호 말이다.

"종남을 이용해 놈들을 꾀어낼 준비를 마쳤습니다. 준비를 하라는 신호를 보냈으니 그곳에 숨어 있던 본교 무인들이 하나 둘 움직이기 시작할 것이니, 그것을 놈들이 알아차렸다면 필히 종남에 모습을 보일 것입니다."

자신에게 보고하는 수하를 보며 태각주는 만족스럽게 웃었다.

"설령 놈들이 낌새를 눈치 채고 도망치더라도 준비만 해놓은 상황이기에 본교의 계획에도 큰 문제는 없을 겁니다."

"제법 머리를 썼군."

"감사합니다."

"그래도 기왕이면 놈들이 움직이는 것이 좋겠지."

"저 역시 그리 생각합니다."

수하의 아부가 마음에 드는 듯 연신 미소를 지우지 않는 태각주.

그때 뭔가가 떠올랐는지 그가 다른 자에게 물었다.

"백마곡의 일은 어떻게 됐지?"

"현재 백마곡주를 압박하는 중입니다. 놈의 자식들을 확보한 상태니 오래 버티지는 못할 겁니다."

"클클클. 백마곡은 중요한 거점이 될 거다. 반드시 일을 성사시켜야 한다. 필요하다면 전부 죽여 버려도 괜찮아. 얼굴가죽만 있으면 얼마든지 대리인을 내세울 수 있으니. 좀 귀찮아지겠지만."

"워낙 주변 인맥이 많아 대리인을 세우는 계획은 최후로 미루었습니다만, 끝내 거절을 하면 그리 해야 하겠지요. 앞으로 열흘 안으로 끝내도록 하겠습니다."

"열흘? 길어. 오일 안에 끝내."

"존명!"

❖

백마곡(百魔谷).

과거엔 그 이름처럼 강한 힘을 자랑하는 마인들의 보금자리였지만 지금은 작은 중소문파에 지나지 않은 곳이다.

호남 악록산 인근에 자리를 잡은 그들은 큰 힘은 없지만 곡주 주괴(酒怪) 백리산이 특유의 성격을 바탕으로 수없이 많은 사람들과 인맥을 이루고 있었다.

주괴라는 별호도 술을 아주 좋아하고, 엄청난 양을 마시면서도 술에 취한 모습을 보이지 않기에 붙여진 이름이다.

어쨌거나 이젠 별 볼일 없는 백마곡이지만 호남 무림문파들이 인정하는 한 가지가 있음이니 바로 그들의 위치였다.

악록산에서 가장 험준한 위치에 자리 잡고 있지만, 덕분에 입구만 틀어막으면 어지간한 적은 어렵지 않게 막아 낼 수 있는 구조인데다 멀지 않은 곳에 호남성도인 장사가 자리 잡고 있다.

또 조금만 더 가면 동정호를 통해 중원 어디든 빠르게 움직일 수 있음이니 천혜의 요새에 자리를 잡은 것이나 마찬가지다.

덕분에 은근히 백마곡이 망하길 기다리는 문파도 있을 정도지만 주괴의 넓은 인맥 덕분에 그것을 드러내놓고 움직이는 자들은 없었다.

적어도 그동안은.

퍼억!

허벅지에 내려쳐지는 곤장.

얼마나 맞은 것인지 허벅지가 퍼렇다 못해 검게 죽어가고 있었다.

촤악!

상처위로 물이 뿌려지자 이를 악문 백마곡주 주괴의 입에서 신음성이 흘러나온다.

"크윽!"

"이제 슬슬 넘어오지 그래? 우리도 이젠 지치는데 말이야."

웃으며 주괴의 앞에 쭈그려 앉아 얼굴을 쳐다보는 사내.

유난히 험한 얼굴을 지닌 사내의 뒤로 곤장을 탁탁 손으로 내려치는 두 명의 덩치 큰 사내가 선다.

빛 한 점 들어오지 않아 횃불로 안을 밝히는 감옥과도 같은 이곳에 잡혀 들어온 것이 벌써 삼일.

그동안 갖은 고문을 당한 통에 주괴의 몸 상태는 엉망이었다.

"흐… 내가 네놈들에게 동조하는 일은… 없을 거다. 퉤!"

피가 섞인 채 날아간 침이 정확히 사내의 얼굴을 적시고.

말없이 침을 손으로 닦아내며 일어선 그가 주괴를 무참히 발길질 한다.

퍽! 퍽퍽!

"쌍노무 새끼가 말로 하니까 못 알아 처먹어! 야! 가서 이 새끼 가족들 데려와라!"

"예!"

"뭐, 뭐?!"

가족이란 이야기에 정신이 번쩍 든 그가 고개를 든다.

하지만 그곳엔 웃고 있는 사내가 있었다.

"킬킬! 그래도 가족이라고 신경이 쓰이는 모양이지? 잘 들어. 네놈이 우리말을 잘 들으면 가족들이 무사할거고,

그렇지 않다면 다 죽는 거야. 전부. 네 부인과 딸년은 우리가 데리고 놀다가 좀 늦게 따라가도 이해하라고. 아, 그래도 아쉬울 테니 아들은 같이 보내드릴게. 어때? 그 정도면 되겠지?"

"으, 으아아아! 이 개자식들!"

덜컹, 덜컹!

괴성을 지르며 몸을 움직이지만 몸을 꽉 묶은 무거운 의자가 흔들릴 뿐 자유의 몸이 될 순 없었다.

"때려."

어느 새 웃음을 지운 사내의 명령에 곤장을 든 자들이 앞으로 나섰다.

철썩!

"아아악! 절대! 절대 용서하지 않는다!"

파세경의 도움을 받아 중원 각지의 정보를 전해 받으며 분석하는 것에 열중하던 그녀가 이상한 것을 발견 한 것이 어제였다.

"그러니까 평소보다 많은 자금이 흘러나가기 시작했다는 건가?"

"백마곡의 여력으로는 이 정도 소비를 하고 싶어도, 할 수가 없어요. 그런 상황에서 이런 소비를 한 다는 것은 말도 안 되는 일이죠."

"근래 큰 이득을 보거나 사람들이 미처 알지 못하는 일이 벌어졌을 수도 있는 일이지."

"그렇죠. 하지만 평소보다 몇 배는 많은 식료품이 들어갈 필요는 없잖아요."

단호한 그녀의 말에 휘는 고개를 끄덕이면서도 반론했다.

"무림에 수많은 문파가 있고, 그들 중에도 이런 일이 벌어지는 곳이 없을 것이라곤 장담 할 수 없다. 모종의 이유로 식량을 확보하려고 하는 것일 수도 있고."

"그렇죠. 저도 처음엔 그렇게 생각했으니까요. 하지만 하루도 거스르지 않고 술을 마시기 위해 장사로 향하던 백마곡주가 열흘을 외부 출입을 삼가 했었어요. 그 직후 이런 일이 벌어지기 시작했고요."

"열흘 동안 뭔가가 있었다 생각하는 건가?"

"네."

여전히 단호한 그녀의 대답.

그 모습에 휘는 알겠다는 듯 고개를 끄덕이며 한 사람을 불렀다.

"차강."

"하명하십시오."

스스슥.

조용히 모습을 드러내며 무릎을 꿇는 그.

"이야기는 들었지? 가봐. 철저하게 조사해 보고해라."

"존명."

나타났을 때처럼 모습을 감춘 그가 자신의 수하들을 이끌고 사라진다.

그것을 확인한 휘가 조용히 자신 몫으로 놓인 차를 마시고 있는 모용혜를 보았다.

"이제 만족하나?"

"네. 저도 말이 안 된다는 것은 알지만 그곳에 뭔가가 있을 것 같다는 생각이 끊임없이 맴돌고 있어서요."

"어떻든 차강이 갔으니 결과는 금방 나오겠지. 이곳에서 먼 것도 아니니."

그랬다.

의창에서 장사까진 뱃길을 이용하면 금방이다.

장사에서 백마곡까진 더 빠르고.

며칠 안으로 소식이 있을 것이고, 그때 결과를 보고 움직여도 늦지 않을 것이다.

모용혜를 끌어들인 이상 그녀가 내놓는 의견을 장양휘는 어지간하면 들어 줄 생각이었다.

그렇게 휘의 명령을 받은 백차강이 수하들과 함께 백마곡으로 향하는 동안, 백마곡은 정체도 모르는 자들을 받아들이느라 하루가 바빴다.

"정말 이래도 괜찮은 걸까요?"

전각의 창밖으로 보이는 많은 사람들이 오가는 모습을 보며 수수한 차림의 단아한 중년인이 묻자 주괴 백리산은 굳은 얼굴로 답했다.

"어쩔 수 없는 일이지. 힘이 없는 자는 당하는 것이 무림의 생리니까. 우린… 그저 힘이 없었을 뿐이야."

"여보…."

쓰게 웃는 남편의 등을 쓰다듬는 그녀.

부인의 손길에 주괴는 씁쓸한 미소를 거두고 정체도 알수 없는 자들이 백마곡 안으로 들어서는 것을 구경해야 했다.

놈들의 정체가 무엇인지 알 순 없지만 한 가지 확실한 것은 무서운 자들이란 사실이다.

이곳을 얻기 위해 자신을 납치하고, 가족의 목숨으로 위협했다. 뿐만 아니라 몇 되진 않지만 백마곡 무인이 시신으로 발견되었다.

자신이 저들에게 협조를 하든, 말든 놈들은 처음부터 이곳을 사용할 작정이었다.

'평소에 만들어놓은 인맥이 내 목숨을 구했어.'

자신이 죽지 않은 이유를 모를 정도로 그는 바보가 아니었다.

백마곡주라서 살려 놓은 것이 아니라, 주괴라 살려놓은 것이란 사실을 말이다.

제 아무리 정교하게 만든 인피면구라 하더라도 사람의 성격과 말투를 완벽하게 따라 하기란 무리가 있다. 특히 사람의 기질은 더더욱 그렇다.

하수들이라면 속아 넘어가겠지만 고수라면 이야기가 달라지고, 주괴의 친우들 중엔 무림에 이름이 쟁쟁한 고수들역시 적지 않다.

'하지만… 도움을 청할 순 없겠지.'

고수들을 친구로 두었지만 지금 상황에서 도움을 청할
순 없었다.

자신의 가족들이 인질로 잡힌 것은 둘 치고, 저들이 내
풍기는 기세가 보통이 아니었다. 자신들을 구하기 위해 자
칫 친구들의 목숨이 날아갈 수도 있는 상황인 것이다.

'하지만 이대로 묵인해야 하는가?'

"후우…."

결국 긴 한숨을 내쉬며 창을 닫아버린다.

아무리 머리를 굴려도 결론이 나질 않는다.

게다가 자신이야 죽어도 괜찮지만 무공조차 배우질 않은
부인과 아들, 딸이 걸렸다.

자신 때문에 여러모로 고생을 했으면서도 항상 미소를
잃지 않은 그들.

그들의 목숨 줄을 쥐었기에 주괴는 놈들에게 무릎 꿇을
수밖에 없었다.

똑똑.

그때 문을 두드리며 아름다운 시비가 쟁반 하나를 들고
들어선다.

쟁반 위에 놓인 작은 잔 두개.

그 안을 채우는 검은 액체.

"약을 드실 시간이옵니다."

차갑게 말을 하는 시비.

시비 역시 본래 백마곡에 있던 자가 아니었다. 저들이 데리고 온 시비였다.

다른 시비들처럼 자신들의 일을 돌보아주고 있지만 감시자란 느낌이 아주 강했다. 더불어 무공 실력 또한 주괴 자신은 상대가 되지 않을 정도였다.

"…후."

작은 한숨과 함께 잔을 들어 단숨에 비운다.

그것을 확인한 주괴의 부인 역시 잔을 비웠다.

"그럼."

그것을 확인한 시비가 잔을 챙겨 들고 밖으로 나간다.

"고독이라니. 미안하오. 나 때문에."

"전 괜찮아요. 당신이 무사하다면. 하지만 아이들이 걱정이네요. 젊은 혈기에 사고라도 치지 않을 런지."

최대한 담담하게 말을 하고 있지만 떨리는 그녀의 두 눈.

그 모습에 주괴는 조용히 그녀를 품에 안았다.

"괜찮을 거요. 똑똑한 아이들이니. 반드시 괜찮을 거요."

의창을 나선 백차강이 백마곡의 입구에 도착한 것은 단 이틀만이었다.

말을 타도 며칠은 걸릴 거리였건만 어마어마한 속도로 이동을 한 것이다. 마치 그것이 당연하다는 듯 말이다.

그리고 얼마 지나지 않아 백마곡의 분위기가 심상치 않음을 느낄 수 있었다.

'입구가 좁고 높다. 절벽 안쪽으로 자리를 잡은 건가? 그
런 것치곤 주변으로 타고 올라가는 것도 어려워 보이는군.'

백마곡의 첫인상은 어떻게 이런 곳이 있을 수 있지란 탄
성이다. 하지만 곧 이곳을 공략하려고 하면 어지간한 수준
으로 되지 않는다는 것을 깨달았다.

물론 자신들에겐 해당되지 않지만 말이다.

휘휘.

손가락을 몇 번 움직이자 기다렸다는 듯 어둠속에서 움
직이는 암영들.

백마곡 주변 곳곳에 모습을 감추고 감시하고 있는 정체
를 알 수 없는 무인들을 뒤로하고 백차강은 유유히 백마곡
안으로 잠입했다.

암영들 중에서도 휘를 제외하고 은밀함으로는 최고를 자
랑하는 그는 금세 백마곡 안으로 들어갔고, 사람의 눈이 닿
질 않는 전각의 처마 밑에 숨어 상황을 살폈다.

'일월신교의 무인들이로군.'

놈들을 보고 단정 짓는 백차강의 얼굴이 굳는다.

무림에서 이 정도의 실력자들을 은밀하게 동원 할 수 있
는 곳은 그리 많지 않다.

그런 자들 중에 저렇게 마기를 조금씩 흘리고 다니는 자
들은 일월신교 밖에 없었다.

자신들의 거점으로 만들었기 때문인지 그들은 기운을 숨
기지 않고 드러내고 있었다.

'주군께 보고를 드려야 하겠군.'

좀 더 이곳을 살피고 휘에게 보고를 해야 하겠다고 생각했을 때, 그의 눈에 온 몸이 묶이고, 재갈까지 물린 채 이동을 하는 청년을 보았다.

반항하다가 얻어맞은 흔적이 역력한 그는 끌려가면서도 거칠게 움직였는데, 그때마다 발로 차이더니 결국 기절했다.

'어쩌지?'

적이 가득한 곳에서 저런 꼴을 당한다는 것은 본래 백마곡에 있던 사람이라는 이야기다. 게다가 죽이지 않았다는 것은 고위층 혹은 인질이라는 소리.

잠시 고민하던 백차강이 조용히 그들의 뒤를 따른다.

철컹!

"귀찮은 새끼!"

"가세. 가서 술이나 한잔하자고."

횃불 하나만이 어둠을 밝히는 감옥에 청년을 가둔 사내들이 요란스럽게 떠들며 감옥을 벗어나자 그제야 조용히 모습을 드러내는 백차강.

넓지 않은 감옥이지만 지하 깊은 곳에 자리를 잡은 데다, 오는 길이 하나뿐이라 탈출하는 것이 아주 어려운 곳이었다.

작은 문파에 이런 시설이 왜 필요한 것인지 의아해 할 때 신음과 함께 청년이 정신을 차린다.

"으윽…! 개자식들."

욕과 함께 눈을 뜬 그는 자신의 다리에 채워진 족쇄를 보며 이를 갈았다.

한눈에 봐도 무거운 쇠구슬이 매달려있어 이동하는 것이 거의 불가능해 보인다.

"빌어먹을! 어떻게든 이곳을 빠져나가야… 누구냐!"

혼잣말을 하다말고 뒤늦게 창살 밖에 서 있는 백차강을 발견한 그가 예민하게 반응한다.

경계심을 높이는 그를 보며 백차강은 별다른 말을 하지 않았다. 따로 할 말이 없기도 하지만 과연 저자를 데리고 이곳을 벗어 날 수 있을 것인지를 계산하는 중이었다.

혼자라면 얼마든지 벗어 날 수 있지만, 들어오는 입구가 좁아 누군가를 데리고 움직이기엔 위험 부담이 너무 컸다.

그렇게 그가 고민을 하는 동안 백차강의 차림새를 본 청년.

주괴의 아들 백민규가 소리친다.

"이 개자식들! 그냥 죽여! 날 죽이란 말이다!"

철컹, 철컹!

쇠창살이 강하게 흔들며 소리치는 놈을 보며 백차강은 천천히 입을 열었다.

"넌… 누구냐? 대답에 따라 행동할 것이다."

"당신 누구야?"

그제야 눈앞의 사람이 백마곡을 접수한 놈들이 아니라는 것을 깨달은 백민규가 주춤주춤 뒤로 물러선다.

"대답해라. 넌 누구냐?"

차갑기 그지없는 말투지만 되려 백민규의 눈이 활활 타오른다.

"당신! 밖에서 왔지?! 그렇다면…!"

"대답해라."

말을 끊으며 다시 묻는 백차강.

대답하지 않으면 당장 돌아가겠다는 기색을 보이는 그를 붙들기 위해 백민규가 빠르게 대답했다.

"배, 백민규! 백마곡의 소곡주다!"

"소곡주라… 애매하군."

그랬다.

말처럼 좀 애매했다.

차라리 곡주였다면 앞뒤 재지 않고 그를 데리고 나갔겠지만, 소곡주는 굳이 자신이 위험을 감수해야하는지 애매한 위치였다.

그렇다고 포기하기도 아깝고.

그때 녀석이 재차 입을 열었다.

"나, 날 데리고 나갈 필요는 없어! 다만, 밖에 소식을 전해줘! 백마곡의 현재 모습과 아버지가 갇혀있다는 걸! 군자도(君子刀) 차현 백부에게! 제발!"

군자도 차현.

호남에서 한손에 꼽히는 고수이면서 주괴와 어릴 적부터 어울린 친구로 백민규도 잘 알고 있는 사람이었다.

그리고 그의 실력이라면 자신들을 구해 줄 것이라 믿어 의심치 않았고.

백차강 역시 녀석의 말을 듣고서 결정을 내릴 수 있었다.

"삼일이다."

스르륵.

삼일이라는 말만 남기고 사라지는 그.

홀로 남았지만 백민규의 눈은 강한 의지로 불타오르고 있었다.

"삼일. 삼일만 버티자."

조용히 백마곡을 빠져나온 그는 수하들을 백마곡 사방에 조용히 배치시키곤 자신이 직접 의창을 향해 달렸다.

수하들을 데리지 않고 홀로 움직이는 백차강은 무서울 정도로 빨라서 다음날 해가 떠오르기 전에 저택에 도착 할 수 있었다.

"모용혜의 감이 맞았군."

"백마곡주와 그 식솔들은 살아있는 것 같습니다. 곡주를 만나보진 못했으나 끌려가는 소곡주를 확인했습니다."

"그래. 일단 다들 준비시켜."

"존명."

백차강이 밖으로 나가자 휘도 자리에서 일어섰다.

"백마곡이라니… 역시 내가 모르는 곳이야."

모용혜와 이야기를 나눈 이후 백마곡에 대해 부단히 떠올려보려 했지만 자신이 알고 있는 것이 아니었다.

어쩌면 스치듯 들어봤을 지도 모르겠지만 그런 것까지 기억하고 있진 않았다.

이렇게 되면 둘 중 하나다.

"내가 몰랐던 건지. 아님 미래가 바뀌면서 나타난 것인지. 직접 확인해보는 수밖에 없겠지."

직접 가서 확인한다 하더라도 진실을 모르니 제대로 확인은 되지 않을 터다.

하지만 한 가지는 확실히 할 수 있을 것이다.

일월신교의 일을 방해하는 것 말이다.

-준비 끝났습니다.

때마침 전음으로 보고가 들어오자 곧장 방을 나서려던 휘의 눈에 벽에 걸린 혈룡검이 들어온다.

잠시 고민하지만 곧 혈룡검을 허리춤에 걸곤 밖으로 향했다.

우웅.

그것이 반갑다는 듯 혈룡검이 낮게 운다.

"그래, 가보자."

가볍게 검을 두드린 휘가 몸을 날렸고, 그 뒤를 암영들이 빠르게 뒤쫓았다.

昏君歸還

19 章

대낮이 되었음에도 백마곡 안은 상당히 어둡다.

호리병 형태로 백마곡을 둘러싸고 있는 거대한 절벽이 빛이 들어오는 것을 막고 있는 것이다.

밤과 낮이 구분 될 정도라 평소엔 항시 곳곳에 횃불과 모닥불을 피우는 것으로 어둠을 물리쳤지만 일월신교에게 점령을 당한 뒤론 그런 것도 필요 없었다.

어차피 이 거대한 백마곡 안에 일월신교 무인이 아닌 사람이라곤 단 네 명 뿐이니. 필요가 없는 것이다.

누구하나 빛이 없다 해서 불편해하는 이가 없으니까.

"얼마나 들어왔지?"

"칠백 명 정도입니다. 곧 태각을 시작으로 오각에서도

고수들을 파견한다고 합니다. 그리되면 필요로 하는 생활 물품이 더 많아질 것입니다."

"방법은 강구했겠지?"

"유령상단을 만들어 대량으로 물건을 구매할 예정입니다. 이후 무인들을 이용하여 물건을 옮기면 문제가 없을 것입니다."

수하의 보고에 백마곡 책임자 혈접도(血蝶刀) 휘모운은 고개를 끄덕이며 수하를 내보낸다.

본래 백마곡주가 사용하던 전각이지만 혈접도가 홀로 사용하고 있었다.

백마곡에서 가장 높은 건물이라 입구까지 훤하게 보인다.

"곧 이곳을 떠날 수 있겠군."

정체를 알 수 없는 무리들이 연신 교의 행사를 방해하면서 외부로 나가는 책임자들의 수준을 높였고, 그 바람에 홀로 수련을 하던 혈접도까지 밖으로 나와야 했다.

귀찮은 것을 싫어하는 그이지만 이번만큼은 어쩔 수 없었다.

다른 사람들도 바쁘게 움직이는데 혼자 움직이지 않을 수 없었기 때문이다.

그나마 쉬운 일을 맡았기에 군말이 없는 것이지, 어렵고 오래 걸리는 일이었다면 처음부터 움직이지 않았을 것이다.

'태각주가 눈치 빠른 놈들을 붙여준 덕분에 내 시간을 뺏기지 않아서 다행이야.'

사실 그가 한 일도 없다.

태각주가 붙여 준 수하들이 알아서 계획을 짜고 이곳을 점령했다. 그저 명목상 책임자로서 그는 모든 일이 끝나고 나서야 천천히 이곳에 들어온 것이다.

그게 방금 전 일이었다.

백마곡에 도착한 것은 백차강이 백민규에게 약속한 삼일이 되는 새벽이었다.

겨우 하루 만에 이곳에 도착한 것이다.

암영 전부가 도착한 것은 아니다.

개개인의 차이가 있기에 우선 휘와 백차강이 도착했고 그 뒤를 몸이 날랜 암영들이 따르고 있었다.

워낙 빠르게 움직였기에 조금씩 지친 기색을 보이고 있지만 잠시 뒤면 언제 그랬냐는 듯 돌아올 것을 알기에 휘는 냉정한 눈으로 백마곡의 입구를 살핀다.

거의 오십 장 간격으로 몸을 숨기고 있는 놈들.

이중 삼중으로 몸을 숨기고 있어 어지간한 실력자라도 숨어드는 순간 발각 될 수밖에 없는 구조였다.

게다가 단숨에 포위하며 덤비기도 좋았고.

백마곡 앞에 빼곡하게 들어선 나무들이 일월신교 무인들의 신형을 감춰주고 있었다.

'나나 차강이는 어렵지 않게 들어가겠군. 암영들도 소수라면 가능 할 테지만… 이 인원은 좀 무린가?'

아무리 암영들이 날고 긴다지만 저런 삼엄한 경비망을

뚫고 조용히 들어간다는 것은 어려웠다.

소수라면 몰라도 오백에 이르는 암영 전부가 이곳으로 향하고 있지 않은가. 그들 모두를 몰래 백마곡 안으로 들인다는 것은 불가능한 이야기였다.

"다른 쪽으로 들어가는 것도 어렵겠군."

"절벽에도 경계를 서고 있습니다. 게다가 워낙 가파른지라 흔적을 남기지 않고 내려가기란 불가능한 일입니다."

"흠."

어떻게 숨어들까 고민하던 휘가 돌연 고개를 들었다.

'굳이 숨어들어갈 필요가 있나? 입구만 틀어막으면 완벽하게 포위를 할 수 있는 곳인데?'

머리가 시원해지는 느낌이다.

백마곡은 적들이 공격하기도 어렵지만, 반대로 입구만 막아버리면 밖으로 빠져나오는 것도 어려운 곳이었다.

그렇기에 굳이 숨어서 움직일 필요가 없었다.

외부의 시선을 완벽하게 차단하고 자신들이 저지른 일의 증거만 없애버린다면 정체가 드러날 일이 없을 터다.

'이미 내 정체에 대해선 알려졌겠지만.'

문득 떠오르는 장양운의 모습.

그날 끝내 죽이지 못한 것이 아쉽기만 하지만, 어쩔 수 없다. 기회를 놓친 것은 자신이니까.

놈이 살아 돌아감으로서 자신에 대한 것이 알려졌다 생각했다.

당시 장양운과 놈을 데리고 도망친 사내를 제외하면 일
월신교에서 나온 무인 전부를 죽였지만, 살아 돌아간 것이
두 사람이니 만큼 어떻게든 자신에 대한 정보가 흘러들어
갈 수밖에 없다.

그렇게 판단을 내리는 것이 당연했다.

하지만 휘는 몰랐다.

자신의 정체가 아직 일월신교에 밝혀지지 않았다는 것과
장양운이 일월신교에 복귀하자마자 폐관에 들어갔다는 것
을 말이다.

누가 말릴 틈도 없이 벌어진 일이었기에 누구도 그와 접
촉 할 수 없었다.

덕분에 아직 장양휘에 대한 정보가 알려지지 않은 것이
다.

휘 본인은 모르고 있지만.

어쨌거나 좋은 기회였다.

'일월신교의 정예가 보이진 않… 말하기 무섭군.'

멀리서 일단의 무리가 빠른 속도로 접근하더니 백마곡
안으로 사라졌다.

숨어있는 무인들과 비교 할 수 없는 기세를 내뿜는 자들.

일월신교의 정예인 오각의 무인이 분명했다.

'더 좋을 지도 모르지. 놈들의 실력을 이번 기회에 제대
로 파악을 해봐야 하겠어. 어디서 나온 놈들인지 모르겠지
만 최소치로 태각을 생각하면 되겠지.'

휘가 기억하는 한 태각이 오각들 중에 가장 뒤쳐지는 곳이었다.

그렇기에 최소한 태각에 놈들을 놓고 기준점을 잡으면 될 일이었다. 더불어 암영들도 점검을 하고 말이다.

이곳저곳에서 몸을 움직이긴 했지만 피해가 발생할 정도로 움직인 적은 없기에 이번은 휘에게 아주 좋은 기회였다.

"백마곡을 친다."

휘의 말이 나오기 무섭게 오영이 그의 뒤로 모습을 드러낸다.

"차강은 나와 함께 백마곡 안으로 움직인다."

"명."

백차강이 고개를 숙이고 한 발 물러선다.

"마원은 정면에서 놈들과 부딪치며 안으로 파고들어라."

"존명."

큰 덩치에 흉악한 얼굴을 지닌 도마원이 고개를 숙이며 물러섰다.

이제 남은 것은 셋.

"태수와 사마령은 입구가 열리면 좌우로 흩어져서 놈들을 처리해라."

"명!"

동시에 고개를 숙이며 물러서는 연태수와 사마령.

마지막으로 남은 연화령이 불타오르는 눈으로 휘를 바라본다.

"화령은 놈들이 도망치는 것을 막아라. 누구도 살려 보내지 마라. 접근하는 적 역시 막아라."

"존명."

어쩌면 다른 이들보다 비중이 떨어지는 임무지만 그녀는 얌전히 물러섰다.

비중은 떨어지지만 활을 주무기로 삼은 자신에게 가장 어울리는 임무라는 것을 받아들였기 때문이다.

그렇게 오영에게 지시를 마친 휘가 백차강과 함께 백마곡을 향한다.

"신호와 함께 움직인다."

짧은 한마디를 남겨두고.

스르륵.

스슥.

어둠을 한편으로 삼아 모습과 기척을 완전히 없앤 휘와 차강은 빠른 속도로 백마곡 안으로 침투했다.

제 아무리 많은 무인을 배치하고 준비했더라도 휘가 마음먹고 움직이는 이상 백사장에서 바늘을 찾는 것이 더 쉬울 수도 있을 정도로 은밀하고 빨랐다.

좁은 입구를 지나자 점차 커지는 백마곡의 모습에 휘도 놀라지 않을 수 없었다.

'이런 곳이 있는 줄 알았다면 먼저 차지했어야 하는 것인데, 아쉽군.'

놈들이 아니었어도 백마곡이 먼저 자리를 잡고 있었으니 탐은 나지만 휘는 움직이지 않았을 것이다.

지금 마련한 저택도 불만이 있는 것은 아니고 말이다.

백마곡 안으로 들어오자 휘가 차강을 보았고, 그 시선에 차강이 앞서서 움직인다.

한 번 와봤다고 미꾸라지처럼 놈들의 시선을 피해 빠르게 움직이더니 곧 허름한 건물 안으로 사라진다.

뒤를 바짝 휘가 쫓았다.

백민규는 여전히 감옥이 갇혀 있었는데, 꼴이 말이 아니었다.

그래도 삼일 전만 하더라도 사람 구실은 할 수 있을 것 같더니, 이젠 얻어맞지 않은 곳이 없는지 온 몸이 시퍼런 멍으로 가득하다.

어디 부러진 곳은 없는 모양이지만 저것만으로도 족히 한 달은 요양을 해야 할 거다.

퉁퉁 붓고 멍이 들어 제대로 알아보기도 어려운 얼굴의 백민규를 향해 차강이 말을 걸었다.

"백민규. 들리나?"

"으으... 으..."

누운 채 힘겹게 고개를 돌리더니 신음으로 대답을 대신하는 녀석.

입을 여는 것조차 어려워 보인다.

하지만 두 눈은 여전히 타오르는 것이 결코 포기하지

않고 백차강이 약속한 삼일을 이를 악물고 버텨낸 것이 분명했다.

"정신은 있는 모양입니다."

녀석이 자신을 바라보자 휘를 바라보는 백차강.

무표정한 얼굴로 녀석을 내려다보던 휘는 손짓으로 차강을 뒤로 물린 뒤 가볍게 혈룡검을 창살을 향해 뽑아 들었다.

서걱!

날카로운 소리와 함께 두껍던 창살이 순식간에 베어지며 땅으로 떨어져 내린다.

요란한 소리를 내려는 그 순간 다가온 백차강이 재빨리 허공에서 창살을 잡아 바닥에 내려놓는다.

마치 이럴 줄 알았다는 듯.

가벼운 발걸음으로 감옥 안으로 들어간 휘가 한 번 더 혈룡검을 휘두르자 백민규의 발목을 붙들어 두던 족쇄가 잘려 나간다.

깨끗하게.

스윽.

그리곤 녀석의 얼굴 앞에 한쪽 무릎을 꿇으며 앉았다.

"네가. 네가 원하는 것이 뭐지?"

"으, 으으…."

"네 입으로 제대로 말해라. 원하는 것이 있다면 자신의 입으로 당당히 이야기 할 줄 알아야 사내다."

단호하면서 어쩌면 차갑기까지 한 휘의 말에 백민규는 몇 번이나 입을 열었다 닫으며 말을 하려 했지만, 워낙 심하게 얻어맞은 통에 제대로 발음이 되지 않았다.

하지만 그 되지도 않는 발음으로 끝내 자신이 원하는 것을 휘에게 요구했다.

"봉… 수. 부… 몽님. 누낭… 살… 릴… 것."

정확하지 않은 발음이지만 그것을 알아듣는 덴 아무런 문제가 없었다.

"좋다. 네가 원하는 것은 내가 대신해주지. 내 목숨을 걸고."

쉐엑, 쉑.

휘의 말이 끝나기 무섭게 거칠어지는 백민규의 숨소리.

그랬다.

녀석은 죽어가고 있었다.

제대로 방어도 하지 못하는 상태에서 얻어맞으며 무방비로 급소 등을 맞았다.

겉으로 보이진 않지만 속으로도 상당히 골아 있었다.

어떻게 보면 지금까지 버텨낸 것이 용할 지경이다.

그것을 휘는 정확하게 알아본 것이다.

자신들을 바라보는 그 뜨거운 눈도 회광반조에 가까운 것이란 것도.

"고… 망…."

후욱.

끝내 마지막 말을 하지 못하고 그의 가슴이 멈춰 선다. 모진 구타를 이겨내지 못하고 최후를 맞은 것이다.

"억울하지만 원한을 남기진 않겠군요. 주군께서 약속하셨으니."

"그래야지."

백차강의 말에 휘는 묵묵히 녀석의 눈을 감겨주곤 자리에서 일어섰다.

당장은 녀석을 밖으로 데려가기 어려우니 나중을 기약해야 할 것 같다.

다행이 지하 깊은 곳에 있는 곳이라 어지간히 날뛰어도 시신이 손상당하는 일은 없을 터다.

"일단 백마곡주를 찾는다. 나머지는 그 뒤의 일이다."

"존명."

둘의 신형이 감옥에서 사라진다.

모습을 감추었던 두 사람이 다시 모습을 드러낸 것은 백마곡에서 가장 높은 전각에서 멀지 않은 곳에 세워진 전각이었다.

두, 세 번째로 높은 건물이지만 제법 오래되어 보이는 이곳은 일월신교의 무인들이 드나들진 않지만 날카로운 기세를 뿜어내는 자들이 호위를 서고 있었다.

필히 이곳에 백마곡주가 있을 것이라 파악한 휘와 차강의 신형이 조용히 그들 틈으로 파고든다.

그리고 그곳에서 본 것은.

자신을 강간하는 사내들을 피해 혀를 깨물고 죽은 백민
규의 누이로 보이는 여인의 시신과 우연히 그것을 확인한
주괴 부부가 목을 매단 모습이었다.

서컥!

확인과 동시 지체 없이 주괴의 목을 묶고 있는 천을 잘라
버리는 휘. 동시 그의 신형을 받아든 차강이 손가락에 내공
을 실어 그의 몸을 두드린다.

"커컥! 컥!"

다행히 늦지 않은 것인지 주괴는 죽지 않았지만, 그의 부
인은.

"늦었군."

짧게 혀를 차는 휘.

그래도 무공을 익혔다고 주괴가 조금 더 버텨낸 것이다.

"크흑! 왜, 왜 날 살린 것이오! 그냥 죽게 내버려 둘 것이
지! 가족을 지키지 못하는 아비가 살아있어야 하는 이유가
무엇이오!"

어느 새 정신을 차린 주괴가 비명과도 같은 악을 쓴다.

그들을 발견한 순간부터 기막을 펼쳤기에 외부로 소리가
나갈 염려는 없다.

주르륵ㅡ.

주괴의 벌개진 눈에서 피눈물이 흘러내린다.

비록 딸의 처참한 모습만 보았지만, 아들 역시 크게 다른
꼴을 당하지 않았을 것이란 것이 부부의 판단이었다.

그렇기에.

목을 맨 것이다.

울부짖는 그를 향해 휘는 천천히 입을 열었다.

"죽더라도 놈들이 쓰러지는 것을 보고 죽는 편이 낫지 않겠나? 길동무는 많을수록 좋은 법이지."

"…그게 무슨 소리요?"

주괴의 시선이 휘를 향한다.

그는 이미 휘의 정체엔 큰 관심이 없어 보였다. 그저 복수를 해준다는 비유에 관심을 가진 것일 뿐.

"백민규의 마지막 소원이다. 백마곡을 이렇게 만든 자들에 대한 응징. 난 그걸 받아들였으니 넌 그것을 볼 자격이 충분하다."

"흐… 내 아들. 결국…"

또 다시 흐르는 피눈물.

머리를 붙들고 절규하는 그에게 휘는 무심히 말을 이었다.

"마지막은 네 선택이지만 이곳에 들어온 놈들은 확실히 지옥으로 보내주마. 그것이… 내가 할 수 있는 것의 전부니."

"당… 신은. 당신은 누구요?"

그의 물음에 휘는 뒤돌아섰다.

"암군. 놈들의 천적이지."

스르륵.

휘가 먼저 사라지고 백차강이 그의 앞에 날카로운 단검 하나를 내려놓고선 뒤를 따른다.

그 모습을 멍하니 보던 주괴가 이를 악물더니 단검을 챙겨들고 일어섰다.

"그래. 보자! 내 아들이 선택한 자들의 일처리를!"

으드득!

귓가에 들리는 주괴의 목소리를 뒤로하고 휘가 명령을 내린다.

"신호를 올려라."

피잉-!

뻐벙! 파바박!

명령이 떨어지기 무섭게 품에서 폭죽을 꺼내 하늘로 쏘아 보내는 차강.

대낮의 하늘을 수놓는 폭죽.

갑작스런 상황에 전각을 지키고 서 있던 무인들이 깜짝 놀라며 뒤를 돌아보았고.

그곳엔 흉신악살의 얼굴을 하고 있는 휘가 있었다.

"오늘. 이 자리에 있는 것은 개미새끼 한 마리 살려두지 않을 것이다."

쿠오오오-.

휘의 몸에서 검붉은 기운이 흘러나오더니 순식간에 사방을 휩쓸어 나간다.

20 章

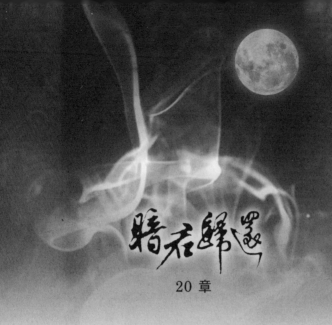

20 章

화려한 치장의 끝을 보여주는 푹신한 침상.

온갖 비단으로 만들어진 침상에 누워 편안한 자세로 잠을 자던 혈접도 휘모운이 돌연 눈을 뜨더니 다급히 일어섰다.

벌떡!

온 몸을 죄여오는 강렬한 기운.

소란한번 없던 백마곡 안이 시끄러워진다.

삐익! 삐이익!

"적이다!"

"정문!"

"내부다!"

정문과 내부로 갈리는 외침.

재빨리 기감을 넓히자 자신을 경악하게 만든 자가 내부. 그리고 백마곡의 입구에서 고수들과 싸움이 벌어지고 있었다.

"칫!"

짧게 혀를 차며 재빨리 무복을 챙겨 입은 그가 혈접도를 손에 쥐고 재빨리 창문을 통해 밖으로 뛰어내린다.

느껴지는 기감으로 보건데.

자신이 아닌 누구도 상대 할 수 없을 것이 분명했다.

쿠아아!

휘의 몸을 타고 흐르는 검붉은 기운이 주변을 집어 삼키고, 갑작스레 나타난 적의 등장에 일제히 호각을 불며 신호를 노내는 일월신교의 무인들.

삐익— 삐이익!

귀를 어지럽히는 소리가 들려오지만 휘는 움직이지 않았다.

더 많은 놈들이 이곳으로 달려오길 기다릴 뿐.

"차강. 넌 정문으로 가라. 다른 녀석들을 도와라."

"존명."

휘의 명령에 차강이 뒤도 돌아보지 않고 사라진다.

차강은 휘가 왜 저렇게 화가 난 것인지 알 수 없었지만, 한 가지 확실한 것은 오늘 이곳에 있는 모든 이는 죽는다는 것이었다.

"너희들은 운이 나빠. 하필이면 나랑 비슷한 아이를 봤거든. 물론 처지는 달랐지만… 어딘지 모르게 닮았단 말이지.

그래서 내가 그 아이 소원을 좀 들어주고 싶어졌어."

조용히 중얼거리듯 말하는 휘.

어느 새 인원을 충원한 놈들이 휘를 중심으로 원을 그리며 포위한다.

놈들이 그러거나 말거나 휘는 당장이라도 터질 것 같은 내공을 억누르는데 집중했다.

어쨌거나 놈들을 해치우기 위해 온 상황이다.

그런 와중에 백마곡주의 가족들을 보며 자신의 상황이 겹쳤다.

단지 그뿐이다.

그 사소한 이유에 휘는 분노했고, 지금 그 화를 터트리려 하고 있었다.

"쳐라!"

누군가의 명령과 함께 일제히 달려드는 놈들.

휘가 풍기는 기세가 만만치 않음을 확인한 것인지 하나같이 신중한 표정으로 달려들고 있었다.

"그래, 시작하자."

쿠우웅―!

지축을 흔드는 굉음과 함께 중심을 잡기 어려울 정도로 흔들리는 대지.

그 강렬함에 백마곡 입구에서 싸우던 자들의 시선이 일순간 백마곡 안으로 향한다.

하늘 높이 솟아오르는 거대한 먼지.

푸확!

콰직!

드러나는 빈틈을 암영들은 놓치지 않는다.

상대의 목을 베고, 심장을 찌르고, 숨을 끊어낸다.

자신들이 받은 명령을 이행하기 위해 암영들의 움직임은 거침이 없었다.

뒤로 물러서는 것은 애초부터 염두에 두지 않는 것인지 앞으로, 앞으로 움직인다.

"대, 대체 이 놈들은 뭐야?!"

"지원! 이쪽에 지원을!"

"아아악!"

"살려…"

소리가 분간이 되지 않을 정도로 시끄러워진다.

시끄러워 질수록 코끝에 느껴지는 진득한 혈향.

진득한 피 냄새가 백마곡 전체에 퍼져나가기 시작한다.

콰지직!

주먹질 한 방에 일월신교 무인의 머리를 박살내버린 도마원이 곧장 방향을 틀어 자신의 좌측에서 달려들던 자의 머리를 후려친다.

섬뜩한 소리와 함께 턱이 부러지는 느낌을 주먹으로 확실히 전달받은 그는 적들의 중앙에서 쉬지 않고 움직인다.

카캉! 캉!

"빌어먹을!"

틈을 놓치지 않고 검을 쑤셔 넣은 자가 욕을 하며 물러서려 했지만, 그보다 도마원의 주먹이 빨랐다.

푸학!

단순한 주먹질인데 몸이 뒤틀리며 날아간다.

보지 않아도 즉사다.

도무지 인간의 것으로 생각 할 수 없는 무식할 정도로 강한 힘과 피부에 강철을 심은 것인지 먹히지 않는 공격까지.

"괴, 괴물."

"도망쳐! 상대 할 수 없는 괴…!"

핑- 퍽!

뭐라 말을 하던 놈의 머리가 날아든 화살에 터져나간다.

그것을 확인한 도마원이 도망치는 놈들을 쫓아 움직인다.

마치 양떼 속에 뛰어든 배고픈 곰과 같은 모습.

멀리서 화살을 날려 도망치는 놈들을 처리하던 화령이 그 모습을 보곤 질리는지 고개를 흔든다.

"저 자식 싸우는 방식은 아무리 봐도 익숙해지지 않는단 말이야? 괴물이야, 괴물."

혀를 차는 그녀의 손은 쉬지 않고 움직인다.

한 번에 세발의 화살이 바람소리를 내며 날아가더니, 정확히 적 세 명의 머리를 꿰뚫는다.

그야 말로 신기에 가까운 궁술(弓術).

당연하다는 듯 그녀는 연신 화살을 날리고, 그것은 정확히 한 발에 적 하나를 상대한다.

누구도 이곳에서 도망 칠 수 없다는 듯 말이다.

도마원이 백마곡 정면을 뚫어내자 기다렸다는 듯, 연태수와 사마령이 날뛰기 시작했다.

폭풍 같은 기세를 뿜어내며 쉬지 않고 도를 휘두르는 연태수는 접근하는 모든 것을 베어버리며 빠른 속도로 백마곡 외곽을 파고들었다.

사마령 역시 질 수 없다는 듯, 자신의 병기인 채찍을 쉬지 않고 휘두르며 길을 만든다.

휘릭! 콰직!

채찍에 목이 휘감기면 순식간에 목뼈가 부러졌고, 채찍에 얻어맞으면 더 이상 움직일 수 없을 정도로 강력한 고통을 선사한다.

여기에 채찍 전체에 발라져 있는 극독은 그치는 것만으로 충분히 큰 위협이다.

"홍홍홍! 길을 트거라! 주공의 명이시니라! 오홍홍!"

특유의 그 목소리조차도.

"후욱, 후욱. 시작한 것인가?"

입구에서 들려오는 소란에 휘가 잠시 그곳을 바라본다.

상의가 완전히 날아가 버리며 드러난 상체.

어디하나 빠지지 않고 발달된 근육과 몸에 가득한 상처들.

상처가 징그럽지 않고, 그것마저 몸의 일부로 보이며 뭇 여성들의 뺨을 붉게 물들일 준비를 마쳤지만 아쉽게도 그것을 보고 있을 여인이 없었다.

주변에 가득한 것이라곤.

시산혈해(屍山血海).

그것 뿐.

한 순간의 흥분으로 강한 힘을 발휘한 덕분인지 몸 위로 검은 문신들이 모습을 드러냈다가 가라앉는다.

"쯧. 늦었군."

혀를 차며 주춤거리는 수하들을 뒤로 하고 모습을 드러내는 한 사람.

혈접도 휘모운이었다.

"혀, 혈접도 님이시다!"

"오오오! 저분이시라면!"

휘의 압도적인 모습에 공포를 느꼈던 일월신교 무인들이 일제히 환호성을 지른다.

혈접도에 대해 일월신교 무인들 중 모르는 자가 없다.

서열 100위권 안의 극강의 고수이면서, 귀찮은 것이 싫다며 더 높은 위치로 올라가는 것을 거부한 괴짜.

하지만 지금 같은 상황에 누구보다 믿을 수 있는 남자.

그렇기에 그들의 얼굴에 환호성이 가득하다.

반대로 혈접도의 얼굴은 굳은 상태였지만.

"네놈… 누구냐?"

나른한 표정을 지우고 날카로운 눈으로 휘를 보며 묻는 혈접도. 어느 새 등짐을 진 왼손으로 수신호를 보내 수하들을 뒤로 물리며 소란스러운 정문을 정리 할 것을 지시한다.

신호는 보지 못했지만 자신을 포위했던 무인들이 움직이는 것을 본 휘는 막아설까 했지만 포기했다.

저들을 막아서기엔 눈앞의 사내는 이제 껏 그가 상대한 그 누구보다 강한 자.

다른 곳에 한눈을 팔며 상대 할 수 있는 수준이 아니었다.

오히려 휘가 전력을 다해야만 하는 상대였다.

'혈접도 휘모운. 결국 이렇게 만나는 것인가.'

자신도 모르는 사이 얼굴을 찡그리는 휘.

지난 사천에선 운이 좋아 부딪치지 않았지만, 이젠 영락없이 부딪쳐야 한다.

될 수 있으면 뒤로 미루고 싶었는데, 그럴 수가 없게 되었다.

전생에서 몇 번이나 대련을 핑계로 싸웠었지만, 결국 단 한 번도 이기지 못했다.

상극 중에서도 최악의 상극.

남녀의 상성으로 따지면 당장 헤어져도 어딘가 부러질 정도로 처음부터 만나선 안 될 인연이다.

"다시 묻지. 네놈. 누구냐."

스르릉―

어느 새 그의 몸에서 강렬한 기운이 흘러나오며 휘의 몸에서 흘러나온 기운들과 대치하기 시작하고, 서늘한 소리와 함께 뽑혀 나온 혈접도가 요사스런 빛을 뿌린다.

보랏빛을 자랑하는 혈접도는 기이하게도 그 면에 화려한

나비가 그려져 있는데, 상대의 피가 나비를 새긴 굴곡을 타고 흐르면 당장 탁본을 떠도 좋을 정도의 생동감 넘치는 나비가 완성된다.

그 기이한 모습에 혈접도란 별호가 붙은 것이지만, 어디까지나 일월신교 안에서 하는 이야기고.

휘가 기억하는 미래에 중원이 그에게 붙였던 별호는 따로 있었다.

도제(刀帝).

누구도 그보다 도를 잘 쓰지 못했고, 그를 꺾지 못했다.

그만큼 어마어마한 실력을 가지고 있는 것이다.

'부담스런 상대지만. 이번만큼은… 질 수 없다.'

매번 졌지만 이번엔 달랐다.

놈은 자신을 모르지만 자신은 놈을 안다.

무림인에게 이것은 그 무엇보다 중요한 것.

게다가 휘의 눈에 보인 혈접도는 아직 완성되지 않았다. 이유는 휘도 알 수 없지만 그가 알고 있는 혈접도의 실력에 미치지 못하고 있었다.

천재일우의 기회.

일월신교의 고수들 중에 최악의 상성을 가진 그를 제거할 수 있는 최고의 기회라 생각했다.

"장양휘. 넌 충분해. 자격이."

"장양휘? 처음 듣는 이름이로군. 하긴 이런 마당에 그것이 무슨 소용일까."

주변 가득한 피를 보며 말하는 혈접도를 보며 휘는 조용히 호흡을 가다듬었다.

완성되지 않았다곤 하지만 그는 강하다.

그리고 완성되지 않은 것은 자신도 마찬가지.

'전력을 다한다.'

가진 모든 것을 쏟아 부어야만 이길 수 있는 상대기에 휘는 가지고 있는 내공을 끌어올렸다.

우우우.

쿠구구….

낮게 진동하는 땅과 함께 휘의 몸에서 거칠게 솟아오른 검붉은 기운들이 하늘 높이 날뛴다.

츠츠츠─

몸 위로 드러나는 검은 문신들.

마치 야수의 그것과 같은 거친 문신들은 휘의 막대한 내공을 제어하는데 도움을 주기 시작했다.

보기에는 괴상해 보이지만 지금의 휘에겐 무엇보다 필요한 녀석들.

그 괴상한 모습에 혈접도는 자세를 낮추며 기운을 끌어올려 대응했다.

'정체는 알 수 없으나 위험한 놈이다. 이곳을 벗어나게 해선 안 돼. 어떻게든 이곳에서 막는다! 빌어먹을! 좀 쉬어 보나 했더니.'

으득!

자신의 휴식을 방해한 휘가 밉고 또 미웠지만 당장은 참았다.

어차피 목숨을 걸고 싸울 상대니까.

마음에 들지 않는다면 놈을 꺾고 그 목을 베면 될 일이었다.

그렇게 두 사람의 기세가 드높아지고 있을 때 모든 광경을 창밖으로 보고 있던 백마곡주는 눈물을 흘리고 있었다.

기쁨의 눈물이다.

적들이 죽어가는 것에 대한.

자신들을 이렇게 만든 놈들에 대한 복수.

그렇기에 백마곡주는 흐르는 눈물을 억지로 닦아내며 시야를 맑게 만들기 위해 노력했다.

'저승에 가서 이야기를 해주려면 똑똑히 봐둬야 한다. 그래야 늦게 온 것을 용서 받을 수 있겠지.'

백마곡주가 입술을 깨문다.

시작은 혈접도였다.

놈의 도가 거칠게 사선을 그리며 단숨에 목을 노리고 날아든다.

보랏빛을 발하며 날아드는 도는 보는 것만으로도 몸을 긴장시키지만, 휘는 침착하게 뒤로 한 발 물러섰다.

즈컥.

날카로운 소리와 함께 머리카락 몇 올이 흩날린다.

텅 빈 놈의 턱을 후려치려 움직이려던 순간 심상치 않은 기운에 휘는 재빨리 뒤로 몇 발자국 더 물러섰다.

카카칵!

거친 소음과 함께 땅을 훑고 지나가는 놈의 도.

사이한 빛을 발하는 도를 보며 휘는 이를 갈았다.

'잊고 있었군, 놈의 도를.'

그 별호와 같은 이름을 지닌 혈접도.

생긴 것도, 빛깔도 특이하지만 더 대단한 것은 하나로 보이지만 실상 칼날이 세 개라는 것이다.

얇은 칼날이 모여 하나의 도를 이루는 것이다.

특히 놈의 내공과 반응하여 붙었다 떨어지는 혈접도는 방금처럼 시간을 두고 연이은 공격을 하곤 했는데, 막는 것이 여간 까다로웠다.

아무리 튼튼한 몸을 지닌 휘라도 놈의 혈접도에 휘말리면 크고 작은 부상을 입곤 했었다.

웬만한 보검도 상처하나 없이 튕겨내는데 말이다.

짧게 생각을 하는 사이에도 놈은 어느 샌가 거리를 좁히더니 혈접도를 휘둘러온다.

부으으.

얇게 떨리는 공기.

횡으로 썰어오는 혈접도를 보며 재빨리 몸을 뒤로 튕기며 허리를 눕힌다.

순간.

카카카!

기묘한 소리와 함께 배 위를 스쳐지나가는 놈의 도.

배 위를 지나가는 순간 내공을 이용해 분리됐던 혈접도를 붙여 위력을 높였다.

'빌어먹을!'

절로 욕이 나오지만 그보다 먼저 휘는 왼손을 뻗어 땅을 짚은 후, 발을 들어 몸을 회전시키며 놈의 턱을 노렸다.

텅!

기다렸다는 듯 손을 들어 막아내는 놈.

허나, 휘가 노린 것은 바로 이 순간.

"흡!"

짧은 호흡과 함께 강하게 몸을 튕기며 놈을 힘으로 밀어낸다. 순간 벌어지는 거리.

그 틈을 놓치지 않고 자세를 바로 한 휘는 두 주먹에 있는 힘 것 내공을 실어 내리 질렀다.

퍼퍼펑! 펑!

허공에서 터져나가는 휘의 주먹!

권력을 모조리 막아낸 놈은 어지럽게 몸을 움직이며 달려들었고, 휘 역시 몸을 흔들었다.

어떻게든 자신의 간격으로 두기 위해 두 사람의 치열한 눈치 싸움이 시작된 것이다.

놈의 무공을 전생에서 몸으로 겪으며 휘가 얻은 것은 결코 적지 않았지만, 혈접도가 문제였다.

혈접도는 휘로서도 어찌 할 수 없는 병기다.

그 예리함은 휘의 피부조차 가를 정도고, 그 복잡함은 누구도 예상치 못한다.

거기다 패도적으로 도를 휘두르면서도 몸 자체는 뱀처럼 유연하게 움직이니 과연 도제라 불렸던 사내답다.

정작 상대하고 있는 휘로선 죽을 맛이지만.

치익.

발을 끌며 뒤로 한 발 물러섰던 휘는 물러선 발을 축으로 강하게 땅을 박차며 순간 앞으로 달려든다.

아예 혈접도를 휘두를 여유를 주지 않기 위해서였지만 그것을 파악한 듯 놈 역시 거침없이 휘를 향해 달려들었다.

무기를 든 이점을 포기하나 싶었지만.

"큭!"

역수로 쥐고 짧게 휘둘러오는 혈접도.

다급히 몸을 멈추며 옆으로 피해냈지만 조금만 늦었어도 큰 부상을 입었거나, 몸이 잘렸을 것이다.

대체 어떻게 그 짧은 시간 도를 역수로 쥐었는지 휘도 제대로 보지 못했다.

그만큼 혈접도는 자신의 손을 숨기는데 능했다.

그리고 그것이야 말로 혈접도를 가장 완벽하게 다룰 수 있는 방법이었고.

우웅, 웅.

그때 더 이상은 못 참겠다는 듯 허리춤에 애타게 매달려 있던 혈룡검이 울음을 터트린다!

크르르르.

마치 반응이라도 하듯 혈접도 역시 울음을 터트린다.

우웅, 크르르.

용과 호랑이가 만난 듯 강하게 울어대는 통에 혈접도가 물러섰고, 휘 역시 몇 발 뒤로 물러섰다.

"그렇군. 지금까지 날 얕보고 있던 모양이로군."

그제야 휘의 허리춤에 걸린 혈룡검을 본 혈접도의 얼굴이 구겨진다.

검을 차고 있는 자가 검을 뽑지 않고 있다는 것은 결국 자신을 무시하고 있다는 것과 같았다.

물론 오해지만, 휘로선 그 오해를 풀어 줄 생각이 전혀 없었다. 오해를 푼다고 해서 뭔가 다른 일이 벌어질 것도 아니고, 혈룡검을 쓰지 않을 것도 아니니까.

스르릉.

날 뽑아달라는 듯 손을 대지 않았는데도 혈룡검이 검집을 살짝 빠져나오며 잡기 좋은 위치에 멈춰 선다.

휘도 녀석이 울음을 터트리기 전까진 허리춤에 매달고 있다는 것을 잊고 있었다.

"미안하다. 널 잊고 있었구나."

웅웅.

그걸 이제야 알았냐는 듯 항의하는 녀석이 날카로운 예기를 마음 것 뿜어낸다.

그에게 혈접도란 신병이기가 있다면 휘 자신에게도 혈룡검이란 검이 있었다.

무려 당당히 무림삼대마검의 한 자리를 차지하고 있는 녀석 말이다.

'이 녀석이라면 놈의 혈접도를 충분히 이겨 낼 수 있다.'

그저 잠시 안쓰러워 가지고 온 것이었는데, 이렇게 쓰게 될 줄은 몰랐다.

잊고 있었을 정도로.

하지만 덕분에 놈의 혈접도에 대응 할 수 있게 되었다.

"미안하군. 하지만 이제 제대로 놀아보자고."

"그래, 그래야지. 네 목과 함께 날려주마."

자존심이 상한 듯 짧게 말을 마친 그가 다시 몸을 날린다.

쑤욱!

혈접도 위로 솟아오르는 강렬한 도강(刀罡)!

그 요사스런 빛을 보며 휘 역시 있는 힘 것 내공을 불어넣었다.

어쩌면 무림을 통 털어도 자신의 내공을 버틸 수 있는 유일한 무기일지도 모른다 생각하면서.

쿠오오오!

용음과 함께 혈룡검 위로 검붉은 검강(劍罡)이 솟아오르고!

둘의 강기(罡氣)가 허공에서 얽혀 들어간다.

강기대 강기!

그야 말로 천하를 뒤흔들 초고수의 싸움이었다.

쿠구구구!

백마곡이 무너져라 어마어마한 충격에 지반이 한시도 가만있지 않고 몸을 떨어댄다.

그 영향을 받은 건물들이 하나 둘 주저앉으며 바닥에 가득한 시신들을 덮는다.

콰지직!

도마원의 거대한 주먹이 땅에 박혀들며 태각의 고수 하나가 생명을 잃는다.

"흠!"

기합과 함께 주먹을 빼내자 부들부들 떠는 놈의 시신.

시선을 돌리자 이젠 일월신교 무인의 숫자는 처음과 비교도 할 수 없을 정도로 줄어들어 있었다.

처음부터 섬멸전으로 나왔기에 놈들을 죽이는 것에 거침이 없다.

도마원 본인도 그랬지만 다른 암영들 역시 온 몸을 붉은 피로 칠하다 못해 이젠 검게 보일 지경이다.

'이것도 슬슬 끝이로군.'

이젠 정말 얼마 남지 않았다.

몇몇 놓친 놈들이 밖으로 도망갔을 지도 모르지만, 문제는 없을 터다.

화령이 철통 같이 그곳을 지키고 섰을 테니.

"하! 역시 대장이야. 우리랑 비교도 되지 않잖아? 와, 몸 떨리는 거 봐라. 미치겠네!"

어느 새 도마원의 곁에 다가온 연태수가 호들갑을 떨어대지만 그는 아무런 반응을 보이지 않았다.

그 모습에 익숙한 연태수는 어차피 대답은 기대하지도 않았다는 듯 연신 주절거려대지만 도마원의 시선은 백마곡 안쪽에서 떨어지지 않는다.

검붉고, 자색의 두 기운이 얽혀들며 연신 어마어마한 싸움에서.

그러는 사이 암영들이 하나 둘 자리에 모여들기 시작했다.

휘의 명령을 완벽하게 완수한 것이다.

남은 것은 오직하나.

혈접도뿐이다.

카카칵!

귀를 찌르는 소리와 함께 눈앞에 튀는 불꽃!

혈룡검을 통해 손에 전달되는 묵직함을 내공으로 해소시키며 휘는 정신없이 움직였다.

이어 날아드는 혈접도를 피해서.

강기를 발출하기 시작한 놈의 공격은 어마무시 그 자체

였다. 스치는 것만으로 모든 것이 파괴되고 있었다.

본래 강기 자체가 엄청난 파괴력을 지니고 있지만, 놈의 손에 쥔 혈접도와 합쳐지니 그 위력은 상상초월이었다.

그것은 휘라고 해서 다르지 않았다.

휘의 내공을 온전히 아무렇지 않게 받아들이며 강렬한 강기를 뿜어내는 혈룡검.

그 강렬함은 혈접도도 처음 느껴보는 것이었다.

즈컥!

둔하게 베이는 소리와 함께 휘의 바지가 베여 나간다.

혈접도의 상의 역시 거의 동시 베여나간다.

교묘할 정도로 아슬아슬한 거리에서 펼쳐지는 공방!

연속으로 공격을 이어 나갈 수 없을 정도로 일진일퇴의 연속이다.

일월신교 안에서도 많은 이들에게 인정을 받은 혈접도는 그 실력에 부족함이 없었다.

강기를 자유롭게 발출 할 수 있을 정도니 더 말할 필요도 없다. 거기에 강기를 유지할 막대한 내공까지.

휘 역시 어디 가서 빠진다는 실력은 아니지만 놈에게 우위를 점하지 못하고 있었다.

아니, 그가 아니었다면 벌써 해치워도 해치웠을 것이다.

쐐애액!

베던 동작에서 급속도로 궤적을 바꾸며 찔러 들어오는

혈접도에 깜짝 놀라며 재빨리 혈룡검을 비틀어 혈접도를
튕겨낸다.

휘 역시 그냥 있진 않겠다는 듯 몸을 비튼 자세 그대로
앞으로 몸을 날려 몸통치기를 시도 했지만, 그보다 먼저 놈
이 빠져나간다.

'제길! 혈접도만 없어도 어떻게 해보겠는데… 아니, 그
래도 안 되나?'

으득!

이를 가는 휘.

놈의 독문병기인 혈접도가 귀찮은 것은 사실이지만 그것
이 없다고 해서 쉬운 상대인 것은 아니었다.

혈접도 휘모운 최대의 무기는 타고난 전투감각과 습득력
이다.

휘가 본 누구보다 전투감각 면에서 그를 능가하는 자를
본적이 없었다. 오직 감각으로 허점을 찌르고, 위기 상황을
벗어난다.

뿐만 아니라 빠른 습득력은 그렇게 몸으로 체득한 것을
완벽하게 소화해내기 까지 한다.

그것을 알기에 어떻게든 초전에 싸움을 끝내려 했는데.

쉽지 않았다.

싸움이 길어질수록 힘들어지는 것은 자신이 될 것이다.

'방법을 찾아야 해. 쯧! 여기까지 와서도 고생을 할 줄은.'

얼굴을 구기며 휘는 다른 방법을 찾기 시작했다.

전생에서 수도 없이 비무를 해본 덕에 녀석의 무공에 대해선 잘 알고 있다고 생각했다.

헌데, 막상 싸워보니 저놈의 전투감각과 습득력 때문에 앞서나간다 싶다가도 제자리로 돌아와 버렸다.

저 게으른 성격이 아니었다면 어쩌면 일월신교의 주인은 바뀌었을 지도 모른다.

진심으로 휘는 그리 생각했다.

하지만 그건 그거고, 이건 이거다.

지금은 어떻게든 놈의 허점을 찾아 승리를 거둬야 했다. 그리고 그 승리의 끝엔 놈의 목이 있어야 하고.

혈접도 휘모운은 무서운 자였다.

시간이 지날수록 강해질 것이 분명하고, 의외로 집착하는 면도 있어서 이곳에서 처리하지 못하면 두고두고 문제가 될 것이었다.

장양운을 살려 보낸 것과 비교도 할 수 없을 걸림돌 말이다.

'이놈에 비하면 장양운은 아무것도 아니지.'

콰직!

다른 생각을 하는 통에 반응이 아주 느려졌는데, 틈을 놓치지 않고 놈의 혈접도가 날아든다.

재빨리 몸을 틀어 피해냈지만, 이어 날아드는 놈의 상단 차기를 막아내지 못했다.

퍽!

"큭!"

신음과 함께 뒤로 물러서는 휘.

재빨리 상체를 비틀며 팔을 올려 막아내긴 했지만 왼팔이 욱신거리는 것이 도통 강하게 찬 것이 아니었다.

자신이 아닌 다른 사람이었다면 방금 일격으로 팔이 부러지고 갈비뼈 몇 개쯤은 손쉽게 나갔으리라.

"더럽게 끈질기네."

얼굴을 구기는 혈접도.

나름 회심의 공격이라 생각했는데 제대로 통하지 않은 모습에 자존심을 구긴 것이다.

"내가 할 소리를."

휘 역시 마찬가지였지만 이번만큼은 자신의 실수였다.

적을 눈앞에 두고 다른 생각을 하다니.

우우웅.

울음을 터트리는 혈룡검.

오랜만에 세상에 나온 녀석은 흥분하고 있었다.

휘를 재촉하며 더, 더 힘 것 녀석과 부딪치라며 시끄럽게 떠들어 댄다.

웅웅.

혈접도 역시 마찬가지.

서로의 손에 쥐어진 검과 도가 서로를 부수기 위해 주인을 재촉하는 동안, 그 주인들 역시 몸을 재정비 하고 있었다.

'대체 어디서 이런 괴물이 나왔단 말인가? 미쳤군. 미쳤어.'

휘모운은 겉으로 표시하진 않았지만 그 속은 경악에 경악을 거듭하는 중이었다.

자신이 가지고 있는 특유의 감각이 아니었다면 벌써 오래전에 차가운 땅에 누웠을 것이라 생각했다.

'근래 본교의 행사를 방해하는 놈들이 있다고 하더니 이놈인 모양이구나. 빌어먹을! 왜 하필이면 이쪽이야? 태각 놈들이 그렇지 않아도 이놈 잡으려고 움직이는 것 같더니. 그쪽이나 가지!'

으득!

주변에 느껴지는 기척 중에 자신의 수하들로 보이는 것은 없었다.

다시 말해 데리고 온 놈들 모두가 세상을 떠났다는 소리.

평상시라면 벌써 몸을 빼도 뺐겠지만, 눈앞의 상대 때문에 지금은 그것도 안 된다.

자신을 놓아주지 않을 테니까.

그리고 본인도 놈을 이대로 놓아줄 생각은 전혀 없었다.

귀찮아서 서열을 올리지 않았을 뿐, 본인 스스로 열손가락 안에 들어가는 고수라 생각했다.

그런 자신이 우위를 점하지 못하고 있다.

다시 말해 이 자리에서 놈을 죽이지 못하면 두고두고 교의 행사에 방해를 하고 나설 놈이란 소리다.

아무리 귀찮아서 잘 움직이지 않는다곤 하지만 그 역시 일월신교의 무인.

신교의 미래를 위해서라도 이 자리에서 놈을 해치워야 했다.

'설령 내 목숨을 내놓는다 하더라도.'

우우.

혈접도가 울음을 토하고.

단전에서부터 시작된 막대한 내공이 그의 몸 전체로 퍼져나간다.

暗夜君临

21章

21 章

콰직!

으적, 으적!

어둠만이 가득한 곳에서 연신 들려오는 기괴한 소리.

기절할 만큼 지독한 악취가 이 공간에 가득하지만 놈은 그것을 모르는 것인지 손에 든 그것을 먹는데 바쁘다.

"크아아아!"

손에 든 것을 다 먹은 놈이 괴성을 토해낸다.

콰쾅-! 쾅!

발작을 일으키듯 벽을 후려치는 놈!

주먹이 박살이 날 정도로 강하게 후려치지만, 놀랍게도 놈의 주먹은 물론이고 벽도 아무런 상처가 없었다.

그때.

그그그.

획- 툭!

위쪽에서 작은 소리가 들려오고 빛과 함께 뭔가가 떨어
져 내린다.

즉시 닫히는 문.

놈의 시선은 문이 아닌 떨어져 내린 것에 집중되어 있다.

빠르게 다가가자 그곳엔 숨을 쉬고 있는 여인이 있었다.

콰드득!

방금 전까지 숨을 쉬던 여인의 심장을 파고든 놈의 손이
거칠게 그것을 뽑아 들더니, 게걸스럽게 먹어치운다.

오직 그것만이 음식이라는 듯.

"괜찮을까요? 폐관에 들고서 짧은 시간에 너무 많이 넣
어주는 것 아닙니까?"

"자신이 원했던 것이니 괜찮겠지."

작은 창을 통해 놈의 모습을 지켜보던 이곳의 관리인 두
사람이 말을 주고받는다.

"저러다 미칠 수도 있습니다. 아무리 저희가 명령을 받
아서 행동했다곤 하지만 책임을 져야 할 수도 있습니다."

"책임을 져야 한다면 져야지."

"예?"

상관의 말에 깜짝 놀라는 그.

하지만 상관은 태연한 얼굴로 말했다.

"반대로 성공한다면 책임이 아니라 큰 포상이 따르겠지. 게다가 어차피 우리가 할 일은 명령을 받은 대로 움직이는 것뿐이다. 명령을 따르지 않는다면 또 그걸로 책임을 져야 하는데, 네가 책임질 테냐?"

"끄응. 그건 그렇죠."

"그러니까 잔소리 말고 먹이나 잘 넣어줘. 어찌되었거나 우리에겐 선택지가 없으니까."

"알겠습니다."

크아아아아!

어느 새 심장을 먹어치운 녀석이 괴성을 지르며 사방으로 주먹질과 발길질을 해대기 시작한다.

그 동작이 마치 이곳을 벗어나기 위해서라기보단 자신의 충동을 참아내기 위한 발악과도 같았다.

그리고 또 한 사람이 떨어져 내렸다.

정해진 시간마다 한 사람씩.

❖

천풍호리(天風狐狸)라는 자가 있다.

거창한 별호지만 녀석은 도둑이었다.

중원 제일의 도둑.

천풍호리가 떴다하면 어지간한 문파도 막지 못할 정도로 놈은 신출귀몰 그 자체였다.

발각된다 하더라도 워낙 빠른 놈이라 쉬이 잡을 수도 없다.

괜히 놈에게 천하제일경공을 가졌다고 하는 것이 아니다. 적어도 발에 있어선 천하 누구도 그를 상대 할 수 없다는 것이 정평이었다.

"이런 젠장!"

그런 천풍호리가 연신 욕설을 하며 미친 듯 달리고 있었다.

자신이 낼 수 있는 최고의 속도로 흔적에 신경도 쓰지 않고 달리고 있음에도 자신의 뒤를 쫓는 자들을 떨쳐내지 못했다.

그것은 천풍호리가 처음 겪는 공포였다.

다른 사람들이 말하듯 그 자신도 발에 있어 누구보다 자신이 있었고, 단 한 번도 따라 잡힌 적이 없었건만 놈들은 자신의 뒤를 바짝 쫓고 있었다.

한 사람도 아니다.

무려 두 사람이 자신의 속도에 맞추어 달리고 있었다.

'어디로? 어디로 가야하지?'

천풍호리의 눈이 빠르게 사방을 훑어보지만 보이는 것이라곤 드넓은 숲 뿐.

숨을 공간도 마땅치 않은 이런 곳에선 차라리 전력을 다해 달리는 것이 낫다는 것을 그동안의 경험을 통해 잘 알고 있었다.

알면서도 은신 할 곳을 찾는 것은 그만큼 그가 쫓기고 있다는 반증이다.

으득!

이를 악물며 뒤를 보자 놈들이 어느 새 바짝 뒤를 쫓아와 이젠 채 열장도 되지 않는다.

'미세하지만 나보다 빠르다! 빌어먹을! 종남에 저런 놈들이 있을 줄은! 차라리 도시로 가는 게 낫겠어.'

결국 떨쳐내는 것을 포기한 그는 번화한 도시에 몸을 숨기기로 결정했다.

차라리 그곳이라면 변장을 하든 어떻게 하든 몸을 피할 수 있을 터다. 최소 이곳보단 나을 터다.

파바밧!

발끝에 힘을 주고 더 빠르게 달리는 천풍호리.

그런 놈의 뒤를 쫓는 것은 종남의 미래라 불리는 단가극과 마정필이다.

"후욱, 훅!"

"헥, 헥!"

천풍호리는 몰랐지만 두 사람은 지금 전력으로 움직이는 중이었다. 이대로 반시진만 더 가면 한계에 이른 육체가 더 이상 움직이는 것을 포기하고 놈을 놓치게 될 터다.

그것을 모르고 도시로 향하니, 오히려 두 사람에겐 놈을 잡을 절호의 기회인 셈이다.

"개새끼! 잡히면 죽여버리겠어!"

"내가 먼저다."

거칠게 숨을 토해내면서도 할 말은 다 하는 둘.

이들이 이렇게 개 발에 땀나듯 달리는 이유는 하나다.

종남에 숨어든 놈이 훔쳐간 것이 있기 때문이었다.

일월신교의 행사를 방해하는 놈들을 잡기 위해 덫을 칠 준비를 하던 와중에 숨어든 녀석은 공교롭게도 단가극의 방에 숨어들었고, 본교에서 내려온 지령서를 훔친 것이다.

암어로 적혀 있어 알아보지 못할 확률이 높지만, 그것이 외부로 유출되어선 결코 안 된다.

세상은 넓어서 암어를 풀 수 있는 놈이 없다고 판단 할 수 없으니까. 게다가 겉으로 종남에 소속되어 있는 자신들이 일월신교의 무인이라는 사실이 아직은 들켜선 안 되었다.

그렇기에 필사적으로 놈을 잡기 위해 달리고 있는 것이다.

잠시 뒤 천풍호리의 신형이 섬서 성도 서안(西安)으로 향하는 것을 확인한 둘의 눈이 빛난다.

쩌엉!

콰지직! 콰직!

혈룡검과 혈접도가 부딪치는 순간 두 사람에 걸리는 부하는 말로 설명 할 수 없을 정도였다.

하지만 짧은 순간 그것을 털어내고 힘으로 밀어 붙인다.

거의 동시에 이루어진 반응에 지면이 버티지 못하고 쩍쩍 입을 벌린다.

콰쾅!

굉음과 함께 둘의 강기가 다시 부딪친다.

강기가 부딪칠 때마다 부서져 나간 강기의 파편들이 주변의 모든 것을 부수고 있었다.

어느 건물도 멀쩡한 것이 거의 없었다.

무너진 곳이 태반이고 그나마 멀쩡한 곳이 있다면 휘의 뒤편에 있는 전각이다.

여기저기 상처를 입긴 했지만 아슬아슬하게 버티고 서 있다.

이는 휘가 의도적으로 전각에 피해를 주지 않고 있기 때문이었다.

이유는 단 하나.

그곳에 백마곡주가 있기 때문이다.

어느 새 창가에 바짝 붙은 백마곡주의 눈은 둘의 싸움을 향하고 있었다.

혈접도 역시 그 사실을 눈치 채지 못한 것은 아니었으나, 거기까지 신경을 쓰기엔 휘가 너무 강한 상대였다.

휘 역시도 최대한 피해가 가지 않게 한다 뿐이지, 완전히 전각을 막고 선 것도 아니다.

그 역시 혈접도는 상대하기 어려운 고수였기 때문이다.

쩌저정!

둘의 강기가 다시 한 번 부딪치고.

콰직!

땅이 뒤흔들리며 벌어진다.

충격을 이기지 못하고 가라앉은 지면이 이곳저곳에 가득하다.

쿠구구—

게다가 연신 강기가 부딪치며 만들어내는 파동에 백마곡을 감싸고 있는 절벽이 위태롭게 흔들리기 시작했다.

당장은 문제가 없겠지만 이대로라면 분명 무너져 내릴 것이다.

츠츠츠—.

휘의 몸 위로 점차 문신이 늘어만 간다.

내공을 수준 이상으로 끌어올리고 있다는 직접적인 증거. 그만큼 놈은 어려운 상대였다.

차라리 일월신교주를 상대하면 할 수 있을 것 같을 정도로.

미치도록 예리한 놈의 감각이 회심의 한수라 생각했던 것을 피하거나 막아내게 만든다.

앞이 깜깜한 동굴을 달리는 기분.

'젠장! 대체 어떻게 하라는 거야?!'

이젠 휘도 짜증이 인다.

이래도 안 되고, 저래도 안 되고.

도통 방법이 없어 보였던 것이다.

하지만 그것은 혈접도 역시 마찬가지.

자신의 모든 것을 쏟아 붙고 있음에도 불구하고 놈은 신들린 몸놀림과 방어로 막아내고 있었다.

간간히 파고드는 공격은 심장이 멈출 정도로 무섭다.

'내가 변태인가? 힘들어 죽겠는데. 왜 이렇게 즐겁냐?'

"크크큭!"

입 밖으로 새어나오는 웃음.

자신도 믿기 어렵지만 지금 이 순간이 즐거웠다.

자신이 전력을 다하고서도 승리를 장담 할 수 없는 상대가 있다는 것이 말이다.

그가 그토록 무료했던 것은 자신을 상대 할 수 있는 자가 정해져 있기 때문이었다. 즉, 새로운 자극이 없기 때문이었는데.

지금 이 순간 미치도록 짜릿했다.

목숨을 걸고 있다는 것이 떠오르지 않을 정도로.

그의 손에 들린 혈접도가 점차 빨라지고, 화려해진다. 휘의 눈을 속이기 위해.

그에 맞춰 휘의 혈룡검 역시 더 강한 힘을 발휘하기 시작한다.

마치 지금까지는 맛보기에 불과했다는 듯.

쩌엉—!

온 몸을 울리는 강렬한 충격.

그 지독한 모습에 암영들의 얼굴이 굳는다.

믿어 의심치 않았던 휘의 승리다.

헌데 싸움이 길어지면서 그 믿음이 조금씩 흔들리고 있었다. 그만큼 싸움을 지켜보는 이들도 흔들릴 정도로 둘의 싸움은 치열하기 짝이 없었으며, 그 우위를 가리기 어려웠다.

"대장… 괜찮겠지?"

"믿어라. 주군은 암군. 암영의 주인이시다."

연태수의 중얼거림을 들은 백차강이 힘주어 말했고, 그에 암영들 모두가 고개를 끄덕였다.

잠시 흔들렸지만 여전히 그들은 휘의 승리를 믿어 의심치 않았다.

그와는 별개로 이젠 더 이상 이곳에 있는 것이 위험했다.

콰르르…!

절벽이 조금씩 무너지고 있었다.

"백마곡을 빠져나가서 대기한다. 휩쓸렸다간 주군께 폐를 끼칠지도 모른다."

백차강의 말에 일제히 백마곡을 벗어나는 암영들.

그 사실을 아는 지, 모르는 지 둘의 싸움은 점차 그 영향력을 넓혀만 간다.

"크하하하!"

결국 크게 웃음을 터트리는 혈접도.

그 모습에 휘의 얼굴이 잠시 일그러지지만 곧 무심하게 놈을 향해 달려들었다.

아니, 휘의 두 눈은 붉게 물들어 있고 그 위론 이제까지 찾아 볼 수 없던 강한 살기가 어려 있다.

보는 것만으로도 심장이 멈출 것 같은 살기가.

"좋아! 좋다고! 내가 원하던 것이 이런 것이었어! 크하하하!"

광소를 터트리며 도를 휘둘러오는 놈.

그 기세가 사뭇 무섭다.

온 몸에서 폭사되어 나온 기운들이 유형화되어 혈접도와 함께 휘의 몸을 노리고 날아들지만, 어느 새 휘 역시 그에 맞춰 대응을 시작했다.

적어도 둘의 싸움에서 휘가 앞서는 것이 있다면.

내공이었다.

내공에서 만큼은 혈접도도 휘의 상대는 될 수 없었다.

그 막대한 내공을 제어하기 위해 몸에 특별한 주술을 담은 문신을 새겼을까.

쿠오오!

단전이 미쳐 날 뛰고 있었다.

어마어마한 힘을 쏟아낸다.

온 몸 구석구석까지 뻗어나간 내공은 휘의 몸에 활력을 주고, 지치지 않는 육신으로 만든다.

혈룡검을 통해 흘러나가는 내공의 양 역시 어마어마한 수준이다.

어지간한 보검도 부러졌을 거칠고 막대한 내공이었지만 혈룡검은 오히려 즐겁다는 듯 그것을 완벽하게 소화해낸다.

대체 어떤 금속으로 만들어진 것인지 궁금할 정도로.

하지만 휘는 거기에 신경 쓰지 못했다.

"후욱, 후욱."

거칠게 내쉬는 숨.

눈앞의 모든 것이 붉게 보인다.

붉게 물든 눈 때문일까? 하지만 그것이 꼭 나쁘진 않았다.

어마어마한 내공에 취한 것인지 모르겠지만, 아주 좋았다. 기분이.

한 번도 해보지 않았지만 마치 아편을 하면 이런 기분일까 싶을 정도로.

몽롱한 시선 속에 보이는 것은 오직 하나.

눈앞의 상대.

혈접도 휘모운.

놈 뿐이다.

"크아아아!"

그리고 괴성을 내지르며 휘가 달려갔다.

폭풍과도 같은 기운을 내뿜으며.

쿠쿵! 쿵!

한계를 넘어선 둘의 강기가 부딪칠 때마다 사방이 울린다.

그 결과는.

콰지직!

꽈르르릉!

절벽이 무너져 내린다.

오랜 시간 백마곡을 보호해주던 절벽이 힘없이 무너지고 있었지만, 둘은 개의치 않고 서로를 향해 달려들고 있었다.

내공에 취해 기술보다 힘으로 달려드는 휘와 거기에 감화되어 역시 힘으로 맞붙어 싸우는 혈접도.

휘에게 내공에서 밀리지만 정신을 반쯤 놓은 지금도 번뜩이는 그의 감각은 휘와 대등한 싸움을 벌이게 만들어 준다.

주륵. 주르륵.

온 몸 가득 흘러내리는 땀.

누가 누구의 땀인 것인지 구분이 되지 않을 정도로 사방으로 비산한다.

간간히 섞이는 핏방울까지.

제 아무리 휘라도 강기에 상처입지 않을 수 없었고, 혈접도 역시 마찬가지다.

결정적인 한 방은 없지만 어느 새 둘의 상체는 붉은 피로 가득 물들어 있었다.

자잘한 상처들이 늘어나며 흘러내린 피가 몸을 뒤덮은 것이다. 당장은 문제가 되지 않겠지만, 시간이 흐를수록 문제가 될 터.

서로에게 주어진 조건이 비슷하기에 둘은 멈추지 않았다.

서로의 목을 물어 뜯기 위해.

쿠구구.

당장이라도 무너질 것 같은 전각.

그 안에서 백마곡주는 어느 새 딸과 부인의 시신을 수습했다. 아들의 시신을 수습하지 못한 것이 아쉽지만 어쩔 수 없다고 생각했다.

그러면서도 한편으론 다행이라 생각되었다.

"적어도 한 무덤을 쓰게 되겠구나. 허허허."

백마곡이 무너져 내리고 있었다.

그리된다면 이곳 어디에 묻혔더라도 함께 묻히게 되는 것이니 불만은 없었다.

게다가 지나칠 정도로 많은 길동무도 있고.

다만 아쉬운 것이 있다면.

"끝까지 보질 못하는 것이 아쉽구나."

그랬다.

휘와 혈접도의 싸움을 지켜보며 그는 이들의 싸움이 끝나기 전에 자신의 최후가 먼저일 것이라 판단했다.

당연한 일이었다.

싸움의 여파로 주변의 전각은 완전히 무너졌고, 자신이 있는 곳 역시 언제 무너져도 이상할 것이 없었다.

거기에 무너져 내리는 절벽까지.

싸움에 집중한 휘는 몰랐지만 순차적으로 무너지기 시작한 절벽은 서서히 백마곡주가 있는 전각을 향해 다가오고 있었다.

스윽.

마지막을 준비한 그는 자리에서 일어나 최대한 경건한

자세로 휘를 향해 절을 올렸다.

자신과 가족.

그리고 백마곡의 복수를 대신 해준 그에게 올리는 자신이 할 수 있는 마지막이었다.

그 순간.

콰르르르!

굉음과 함께 무너져 내린 절벽의 돌들이 전각을 덮친다.

"고맙소. 정말 고맙…."

한치 앞이 보이지 않는 먼지가 피어오른다.

"큭!"

어질어질.

몸은 반사적으로 움직이는데 눈앞이 어질 거리고 머리가 미친 듯 아파온다.

아니, 조금 있으니 그것조차 느껴지지 않을 정도로 몽롱해졌다.

자신이 대체 어떻게 움직이고 있는 것이지 느껴지지 않을 정도로.

그때.

바로 그때 그의 목소리가 들려왔다.

-형편없군. 이 정도에 한계를 느끼다니.

'당… 신은?'

-내 분명 혈영곡을 찾으라고 했을 텐데?

'혈영곡은 어디에…?'

-혈룡검에게 물어라. 녀석이 혈영곡으로 널 안내할 것이다. 이런 놈에게 쩔쩔매다니. 이런 놈이 내 뒤를 이을 놈이라는 사실이 억울해지는구나.

'혈마?'

-잘 봐둬라. 이번이 처음이자 마지막일 테니.

차갑지만 따스한 혈마의 목소리가 끊어졌다 생각한 순간. 휘는 기묘한 감각을 느꼈다.

마치 전생으로 돌아간 것 같은.

자신의 몸이 마음대로 움직이는데 그것을 빤히 바라보고 있다.

그때와 다른 것이 있다면 몸의 감각이 고스란히 느껴진다는 것뿐.

우웅.

단전에서 뻗어 나와 세차게 몸을 돈 내공이 단숨에 혈룡검을 통해 뻗어나간다.

기맥 이곳저곳 부딪치는 것도 없다.

마치 원래 이길 밖에 없다는 듯 부드럽게 흘러가는 내공과 함께.

혈마의 목소리가 천둥처럼 들려온다.

-이것이. 진정한 혈룡진천하(血龍震天下)이니라!

쿠오오오!

혈룡검에서 뻗어나간 강기가 순식간에 혈룡으로 모습을 변하고.

자신의 몸에서 폭발적으로 흘러나간 기운이 일순 혈접도의 기세를 짓누르며 사방을 제압한다.

혈룡이 혈룡검을 벗어나 휘를 휘감으며 지나가더니, 혈접도를 향해 괴성을 지르며 날아간다.

콰우우우!

길었지만 단 한호흡만에 벌어진 일에 혈접도는 당황하면서도 굳은 얼굴로 모든 내공을 끌어올렸지만.

콰콰콱!

이미 혈룡이 세상을 집어 삼킨 뒤였다.

서서히 몸이 자신의 통제에 놓이기 시작한다.

─혈영곡을 찾아라. 이젠 진짜 마지막이로군. 그곳에 모든 것이 있다. 부탁한다.

짧은 말을 남기고 혈마가 사라진다.

어째서인지 알 순 없지만 휘는 혈마의 목소리를 더 이상 듣지 못할 것임을 알 수 있었다.

가슴 한 구석이 텅 빈 것 같은 기분.

"이게… 뭐지?"

자신도 알 수 없는 그 기분에 묘해하고 있을 때.

"쿨럭!"

기침과 함께 피를 토해내는 혈접도.

놈의 모습은 처참했다.

하반신은 사라져 버렸고, 상반신 역시 큼직한 상처가 가득하다.

아직도 숨을 쉬고 있는 것이 대단할 정도로.

우르릉!

천지를 울리는 소리와 함께 절벽이 본격적으로 무너져 내리기 시작한다.

"큭큭… 빌어먹을 인생이었어.

탁해진 눈으로 하늘을 보며 혈접도가 중얼거린다.

그리고 휘를 보며 물었다.

"넌… 사는 게 재미있냐? 난 지독하게 재미가 없었다. 뭘 해도 재미가 없어서 잠만 잤었는데. 큭큭… 이젠 평생 잠들…."

툭.

끝까지 웃던 그의 눈이 감긴다.

콰르릉!

그와 함께 이젠 거침없이 무너지기 시작하는 백마곡.

잠시 놈의 시신을 보던 휘가 몸을 돌린다.

휘가 몸을 빼고 얼마 있지 않아.

백마곡 전체가 무너지며 거대한 무덤을 만든다.

하늘 높이 치 솟아오른 먼지가 멀리 장사에서도 보일 정도라 주괴와 인연이 있던 자들이 다급히 달려왔지만.

그들이 볼 수 있는 것은 무너진 백마곡 뿐이었다.

〈3권에서 계속〉